歌人探訪

挽歌の華

道浦母都子

歌人探訪　挽歌の華＊目次

装画：黒川雅子
装幀：岡田ひと實（フィールドワーク）

◎牡丹の章

与謝野晶子

筆硯煙草を子等は棺に入る名のりがたかり我れを愛できと

与謝野晶子は、鉄幹がいなかったら、存在しなかったかもしれない。そう思うのは、私だけだろうか。いえ、そう考える人は、多いのではないか。

彼との出会いは二十一歳の八月、大阪・北浜の平井旅館であった。以来、鉄幹が六十二歳で亡くなるまでの三十四年間の夫婦である。

鉄幹は写真などで見ても頑強な体格の持ち主だが、一九三五（昭和一〇）年、晶子五十六歳の新年を、共に鎌倉で迎え、伊豆を旅しての三月、肺炎で急死した。六十二歳。三月二十八日、文化学院での告別式。

掲出歌は、「子供たちは、鉄幹の愛用した筆や硯や煙草を棺に入れているが、彼がいちばん愛したのは、この私なのですよ。言うのは少しためらうけれど……」といった意味だろう。

元来、ナルシストである晶子ではあるが、亡くなった人を前に、この人がいちばん愛したのは私、そう断言できる晶子には、驚くというより、敬服の念を抱く。十二人の子供をつくり、文学での同志であった鉄幹。彼あっての晶子であったのは、彼女自身が一番よくわかっていただろう。それゆえ、「我れを愛でき」の自負に立っての表現だと考えられる。

晶子は、一九二八（昭和三）年に『心の遠景』を出して以来、自分一人の新しい歌集を出さぬまま、終の人となった。五十六歳で夫を亡くした晶子であるが、その後は、寂しさを紛らわすように、各地に旅をするのが多くなった。もちろん、作家活動も旺盛で、岩波文庫『与謝野晶子歌集』を刊行。三度目となる『新新訳源氏物語』全六巻の刊行も果たしている。その前後に、盲腸炎となり、肺炎となり、転地療養を余儀なくされた。掲出歌は、晶子の死後、平野万里などを中心に同志たちが編纂した『白桜集』に収められている。『白桜集』のタイトルは、

木の間なる染井吉野の白ほどのはかなき命抱く春かな　『白桜集』

から、きているといわれているが、鉄幹の死後、夫婦と縁の深かった鞍馬寺を訪ね、

鞍馬山歌の石とは知りながら君仮初めに住むここちする　『白桜集』

と、いまだ、心に棲む鉄幹を偲ぶうたもつくっている。

鉄幹の法名は「冬柏院雋雅清節大居士」。一九四二（昭和一七）年五月二十九日、晶子死去。晶子の法名は「白桜院鳳翔晶耀大姉」。多磨墓地の鉄幹の傍らに埋葬される。あらためて二人の生を辿ってみると、すさまじい仕事の裏に、病の影がさまよっている。又、三十四年間の結婚生活が決して豊かなものとは、言い難い。

『明星』の仲間であった山川登美子との鉄幹をめぐる葛藤。「文壇照魔鏡」事件。次々と子を産んだのは、自分に鉄幹を引きつけておくためだったと語る研究者もいる。

晶子、晶子と集まってくる記者や編集者に鉄幹は男として、表現者としてのプライドが揺らいだこともあったろう。加えて、十二人の子供。末娘の藤子さんからお聞きした晶子の像は、「お母さん」と甘えられるような女性ではなく、いつも何か考えごとをしている人だったようである。

くろ髪の千すぢの髪のみだれ髪かつおもひみだれおもひみだるる　『みだれ髪』

晶子は鉄幹と会って以来、たった一年の間に三百九十九首の短歌をつくり、鉄幹のいる東京へと出奔したのである。さまざまの苦労や困難があったと推察されるが、晶子を支えたのは、鉄幹への敬愛とひたすらの愛であっただろうと考えられる。

私は、鞍馬寺に寄贈されている冬柏亭（荻窪の晶子の書斎）に上がらせていただき、晶子が使っていたという文机に向かったことがある。

晶子の本質は何だろうか。大阪から上京したエネルギー。『源氏物語』を三回も訳した大いなる追求心。だが、若き日の晶子から、ずっと変らないのは、鉄幹への敬愛と、彼も自分を愛していたとの自負心。まさに、「我れを愛でき」への信頼、ナルシストのたましいだろうと考える。

与謝野鉄幹

われ男《を》の子意気の子名の子つるぎの子詩の子恋の子あゝもだえの子

机の上に古びた一冊がある。『現代短歌全集　第五巻　与謝野寛集・与謝野晶子集』とある。一九二九（昭和四）年十月三十一日発行。改造社版。今から百年近く前のものだ。友人からいただいたのだが、ゆっくり見るのは初めてだ。

いつのときか忘れたが、酒席だったと記憶している。「鉄幹という男性は、余程、魅力的だったのだろう」。そう尋ねられたので、即座に私は、「悪い男だったのよ」と答えた。晶子が、あれほど魅かれた男性ではあるが、当時の私には、「悪い男」としか思えなかった。その理由は、晶子が鉄幹に初めて会ったとき、鉄幹には妻があったからである。

林滝野。初期「明星」の発行名義人が「林滝野」となっているのは、山口県の素封家、林小太郎による支援のせいであった。鉄幹はその前に、次兄・赤松照幢が住職をしていた山口県徳山町（現・周南市）の徳応寺が経営していた白蓮女学校の国漢の教師となって、そこの卒業生である浅田信子《さだこ》（戸籍上はサタ）と親しくなり、女児（ふき子）をもうけたが、一ヵ月で死亡。浅田家の猛反対で破縁となった。その後、教え子の林滝野と同棲。婿養子となるのを望む林家とも不和となった。

一九〇〇（明治三三）年初めて鉄幹と会い、たった一年の間に晶子は『みだれ髪』三百九十九首をつくり、上京。鉄幹の妻になれると思っていたのだろうが、林滝野の存在を知らなかったようだ。それゆえ、『みだれ髪』は、晶子の旧姓、鳳晶子の名前で出版されている。

ここまで書いてきて、鉄幹の思いもよらぬ横顔である。「悪い男」とは、これらの理由による。

晶子は、初めての出会い以前、「読売新聞」で〈春あさき道灌山の一つ茶屋に餅くふ書生袴つけたり〉といううたを読み、鉄幹との出会いを待っていた。鉄幹の私生活やそれまでをも知らず、恋に恋するように、東京へと疾走していったのである。

与謝野鉄幹。一八七三（明治六）年、京都市左京区岡崎の願成寺に生まれる。本名、寛《ひろし》。父の事業の負債のため鹿児島に移り、その後、転々として、一八九二（明治二五）年、単身上京。落合直文に師事。その後新詩社「明星」を創刊。妻となった晶子と共に、浪漫主義文学運動の中心として活躍。

あめつちに一人《ひとり》の才とおもひしは浅かりけるよ君に逢はぬ時　『紫』

その鉄幹が、こんな歌を残している。晶子に出会った鉄幹が、自らをこんなにも卑下して、晶子に脱帽しての一首だ。

君なきか若狭の登美子しら玉のあたら君さへ砕けはつるか　『相聞』
わが為めに路《みち》ぎよめせし二少女《ふたをとめ》一人は在りて一人天翔る

ここに、鉄幹と晶子の関係について必ず言われる山川登美子の存在が見える。右の作は、山川登美子が亡くなったときの作。いずれも、しっとりとした抒情に支えられたうただ。ここまで書いて、鉄幹に申し訳ない気がしてきたため、名誉回復のくだりを書いておこう。
鉄幹は、「二六新報」の記者、明治書院の社員等を経て、一九〇〇（明治三三）年四月に「明星」を創刊。パリへ遊学し、西村伊作創設の文化学院の教師ともなっている。彼の作風は「ますらをぶり」と称され、冒頭の一首でも示されている。

濃き青の四月の末の海に浮く水母《くらげ》の如く愁《うれひ》白かり　『檞之葉』

華々しく活躍する晶子の傍で、鉄幹の愁いは、いかほどだったのだろう。末娘、藤子の回想録では、鉄幹の死を、晶子は自らを失ったかのように哀しみ、見ていられなかったという。

その後、衆議院議員選挙に落選。やはり、どこかで「一旗揚げたい」という気持ちが、鉄幹の本音だったのだろう。奔放に生きたような鉄幹ではあるが、その胸の内は、さぞや寂しかったのだと考える。

山川登美子

後世《ごせ》は猶今生《こんじやう》だにも願はざるわがふところにさくら来てちる

「山川登美子は、挽歌を詠むために生まれてきたような歌人だと思う」。こう記したのは、作家の竹西寛子さんである。夫を送る挽歌、父を送る挽歌、自らを送る挽歌。夫や父は解るが、「自らを送る」とは、あまりにも、もの哀しいではないか。

山川登美子、一八七九（明治一二）年、福井県遠敷《おにゆう》郡竹原《たわら》村（現・小浜市竹原）に生まれる。父は、第二十五国立銀行頭取の貞蔵。母ゑいの四女である。

挽歌とは、死者を追悼して、その死をかなしむためのうた。かつて、中国では、葬送で柩を挽く者がうたったため、そう言われたという。

虹もまた消えゆくものかわがためにこの地この空恋は残るに　『恋衣』
帰り来む御魂と聞かば凍る夜の千夜《ちよ》も御墓の石いだかまし

これは、登美子が夫・駐七郎を亡くしたときの歌である。登美子は、小浜の高等女学校を卒業すると、大阪の梅花女学校に進み、英語を学ぶ研究生だった。与謝野鉄幹や晶子と出会うのは、その少し後、一九〇〇（明治三三）年八月。ところが、急速に文学に傾斜していく登美子に、周囲が不安を覚え、一族の中でことに優秀だった駐七郎との縁談が進められ、三人が出会った年の十二月には、二人の仮祝言をあげることになった。ところが、この二人の結婚生活は二年にも満たないものであった。

それとなく紅き花みな友にゆづりそむきて泣きて忘れ草つむ

鉄幹は晶子に。そんな思いが託された一首。恋の上では、登美子は敗者。とはいえ、このうたから伝わってくる登美子の志の高さ。私はある日、小浜の生家を訪ねてみたが、眼前に若狭の海を眺められる屋敷は、広々とした庭が清められ、ここで成長した登美子の、二人への深い思いが伝わる気がした。恋する人を譲ることによって自らの思いを果たす。なかなかできないこと。だが、登美子は、その道を選んだ。

登美子は生前、自身一人の歌集を出してはいない。晶子、増田雅子（後の茅野雅子）との合同詩歌集『恋衣』の刊行が唯一である。

髪ながき少女とうまれしろ百合に額《ぬか》は伏せつつ君をこそ思へ

これが、登美子の『恋衣』に発表した「白百合」百三十一首の冒頭の一首。当時、登美子は日本女子大英文科予科に学ぶ学生だった。夫の死の後、上京し、勉学の道を進もうとしたときのもの。だがそこには大きな壁があった。大学側が『恋衣』の刊行を許可しなかったのだ。『恋衣』を企画したのは与謝野鉄幹。当時の彼の評判は良くなく、「文壇照魔鏡」なる怪文書が出回ったりもしていた。

歌よみて罪せられきと光ある今の世を見よ後の千とせに

うたによって罪を負うとは、一千年後にどう裁かれるだろう。毅然とした登美子の性格は、この一首からも感じられる。この件が落着した後、登美子には、又も、不幸がかぶさってくる。登美子自身が、夫・駐七郎と同じ病に臥すことになったのだ。しかも、病身の登美子に、父・貞蔵の危篤の知らせが届く。

わが死なむ日にも斯く降れ京の山しら雪たかし黒谷の塔

父の死の前年、登美子は、こんなうたをつくっている。父の死に自らの死を重ねての一首。

わが柩まもる人なく行く野辺のさびしさ見えつ霞たなびく
父君に召されていなむとこしへの春あたゝかき蓬萊のしま

登美子が自らの死を予期してのうた。竹西寛子さんの指摘に肯くばかりの私である。

石上露子

いつの世かはぐれし人の魂と似てひとり立つ野の胸による影

石上露子《いそのかみつゆこ》（杉山孝）。ほとんどの人が知らない名前だろう。奈良県のやや奥に石上神宮という古い神社がある。たぶん、作者は、ここからペンネームを取ったのだろう。石上から、ころころと花露のように駆けてくる。それは短歌。露子にとっての短歌だったのだろう。この神社をある日訪ねたとき、色彩豊かな鶏が木の上に登り、眼下を見ているのが面白かった。『石上露子集』（松村緑編）には、露子の写真と、筆跡が掲載されているが、写真は、つつましく美しく、品のある姿。筆跡は、男性が書いたと思うような達筆である。

富田林は、大阪府下の旧家の集まる一角だが、杉山家は、とびきり大きな家で、私が、この家と石上露子のテレビ紹介の仕事をしたとき、その大きさに驚いた。しかも、しゃれた、らせん階段などもあり、洋風の匂いがしていた。

私が、この石上露子を選出したのは、父（団郎）の女性への勉学の思いが深かったからである。当時、女性に勉学を勧める男性は少なかった。
露子（孝《タカ》）は、十二歳で生母と生別。一九〇一（明治三四）年以降、「夕ちどり」の名で「婦女新聞」に投稿をし、その後、「明星」十号に作品が見えるが、二十六歳で結婚、夫の求めで筆を絶つ。父と反対の夫だったのだ。

かなしさは神なき世とも怨まるるみそなはしてぞ逢ひし二人に
何なれば我もひとりの歌少女《うたをとめ》歌に足りぬる幸の日のなき

明星調の恋のうただろう。短歌への思いが深く、ここまで高い精神は驚かざるを得ない。
又、彼女の代表作に「美文」がある。今は、あまり、使われないが、美しい修辞を尽くした文という風か。

詩

小板橋（明治四十年）
ゆきずりのわが小板橋《こいたばし》

しらしらとひと枝のうばら
いづこより流れか寄りし。
君まつと踏みし夕に
いひしらず沁みて匂ひき。

今はとて思ひ痛みて
君が名も夢も捨てむと
なげきつつ夕わたれば、
あゝうばら、あともとどめず、
小板橋ひとりゆらめく。

現実なのか、幻なのか、ふわふわとした言葉遣いが魅力だ。ゆらゆらゆらと小板橋、その作者が、次のような短歌を詠んでいる。

みいくさにこよひ誰が死ぬさびしみと髪ふく風の行方見まもる

私の感じでは、父からさずかった思いが、この一首にあらわれている。大谷渡著『管野スガと石上露子』を読むと、作者がなぜこの二人に触れたのかがわかる。

反対に、夫の要求からの作品は、ゆらゆらとなる。父、夫、あるいは、男性によって、作者はこんなに違うということを私は言いたかった。自分を高くする夫、父を持ってほしい。私の願いはここにある。だから、あえて、石上露子をとりあげたのである。

悲しけれ夢も現実《うつつ》もいやはての境《さかひ》に入れる身のここちして

◎向日葵の章

中城ふみ子

冬の皺よせゐる海よ今少し生きて己れの無惨を見むか

渡辺淳一に『冬の花火』という小説がある。この作は、彼の著作としては、抵抗なく読める小説で、歌人、中城ふみ子をモデルとしたものである。
中城ふみ子（本名・野江富美子）は一九二二（大正一一）年、北海道、帯広に生まれる。家は商売を手広くしていて、裕福だった。十二歳の年、北海道庁立帯広高等女学校に入学、在学中文芸誌に作品を発表、その才能を認められた。十六歳で上京、東京家政学院に入学。池田亀鑑に作歌指導を受ける。同校卒業の翌年四月、中城博と札幌において結婚。すぐに、長男を出産。

このように書いてくると、地方の裕福な家に育った女性が、東京で学び、故郷近くに戻り、結婚、出産と、ごく普通の生き方のように思える。だが、ふみ子は違った。「短歌」という、自らを映す鏡を持っていた。その証拠に、両親の決めた結婚を破棄する大胆な面もあった。

新しき妻とならびて彼の肩やや老けたるを人ごみに見つ　『乳房喪失』

長男の後に次男を出産するが生後二ヵ月半で死亡。二十三歳の年、長女雪子を出産。その頃から、夫と不和となる。二十四歳で短歌誌「新墾」に入会。

男性というのは、夫婦となると、妻が、自分以外の世界、とくに心の世界を持つのを嫌う。今は、少し違うだろうが、この特性は、かなり強く残っている。とりわけ、短歌は、夫とは別の心の世界を自ら育てないとできない。ふみ子も「新墾」に入り、本格的に短歌に取り組んだであろう時期だ。入会の年に三男を出産した後、別居、二十八歳で離婚している。

先に掲げた一首は、離婚後の作だが、寂しさや悔しみが、一切感じられない。どちらかというと、私と一緒のときの方が幸せだったでしょ、と語っているかのようだ。

中城ふみ子の本質は、その辺りにあると私は考える。自己中心的で、自信家。

灼きつくす口づけさへも目をあけてうけたる我をかなしみ給へ

離婚後、というよりも、その前から、ふみ子は大森卓という歌仲間を愛していた。だが、卓は妻を持ち、重い結核にかかっていた。ふみ子二十八歳の年、大森卓死亡。大胆な愛のうたは、「新墾」以外でも評価される。ところが、ふみ子自身も乳癌を発症、二十九歳の年、手術を受ける。

メスのもとひらかれてゆく過去がありわが胎児らは闇に蹴り合ふ
もゆる限りはひとに與へし乳房なれ癌の組成を何時よりと知らず

今とは違う。当時は癌といわれたら、死に向かって考えねばならなかった。しかも、乳癌は、乳房の全摘を余儀なくされた。
ふみ子は、その病気を短歌に焼きつけようとした。病身のふみ子ができる最高の抵抗だった。三十歳で大結社の「潮音」に入り、大胆にも川端康成に直接、手紙を出したりもしている。

ふみ子の短歌は、やや大仰でストレート。当時の短歌界では受け入れられにくい作品だったと考えられる。だが、それが、ふみ子であり、ふみ子の世界であった。

二度目の入院の際、「短歌研究」第一回五十首詠に一位特選。七月一日歌集『乳房喪失』を作品社より出版。八月三日死去。かろうじて、歌集が出来てからの死。よかった……。

北海道を訪ねたとき、私は札幌から小樽への列車に乗った。海側の席を取り、海を見たかったのである。冒頭の一首は、ふみ子が病院に通うとき眺めた海をうたった作と言われている。大胆なのか、自己過信なのか。それは解らない。ただ、彼女は短歌と出合って幸せだったか、否か。それもわからない。幸せだったと思いたい。

河野裕子

まがなしくいのち二つとなりし身を泉のごとき夜の湯に浸す

河野裕子さんは憧れの人であった。私がまだ、大学を卒業できず、グズグズしていた頃、彼女はもう短歌界のスターだった。書店を通る度、角川の「短歌」を手にして、彼女の短歌を読んでいた。

青林檎与へしことを唯一の積極として別れ来にけり　『森のやうに獣のやうに』

たとへば君　ガサッと落葉すくふやうに私をさらつて行つてはくれぬか

青春の中でのキラキラと輝くような恋の歌、私は、こんな人がいるんだと、憧れながら、日々をついやしていた。やっと大学を卒業し、大阪の実家に戻った後、新聞記者のタマゴになったが、あまり役に立てず、いつも上司に叱られていた。「足で書け」という言葉が、妙に身にしみた。短歌も「足でつくるのかなあ」と思ったりもした。

関西なので、河野裕子さんが永田和宏さんと結婚するという話はすぐに伝わってきた。あの美しい恋の歌は、永田さんへの思いだったのか。そう思ったが、彼らと接触することはなかった。だが、書店で読む彼女のうたは、いつもキラキラしていた。

冒頭に引いた一首は、私には、とても届かない彼女を、あらためて感じさせた。妊ったよろこびではなく、反対に「まがなしく」と、哀しみに、とらえている。「ま」の接頭語が効果的だし、「いのち二つとなりし身」と妊ったことへの醒めた視線が感じられる。

河野さんと親しくなると、凄い人だと、よくわかった。「私、賞という賞を全て取りたい」。そう堂々と言い、それを実行する。彼女の凄さは、こんなところにある。但し、物言いは挑戦的で、何度も驚かされた。

その後、淳・紅の男女一人ずつの子供も得た。

細胞生物学者の永田さんは、森永乳業に入社。その後、母校の京都大学に戻った。アメリカの国立癌研究所に渡航されるとき、私たち短歌仲間は、歓送会をした。神田のうす暗い旅館で。そのとき、裕子さんは和服を着ていた。きれいだなと思った。そういえば、彼女の実家は呉服店だった。彼女の代表歌とされるのは次の歌。

たっぷりと真水を抱きてしづもれる昏き器を近江と言へり　『桜森』

熊本生まれだが、両親と妹と共に育った近江を愛する感情と静かな写生が印象的だ。だが、「あのうた、パッと出来たんやから、代表歌と言われんの嫌なんよ」、本人は、そんなことを口にしていた。もっといいうたが、たくさんあるのに……。そんな思いもあったろう。

アメリカから日本に帰った永田さんは京大教授に。洛北に家を建て、順風満帆といってもいい家族だったが……。

君は今小さき水たまりをまたぎしかわが磨く匙のふと暗みたり　『ひるがほ』

この作品は、若い時の作だが、「暗み」は、紛れもなく裕子さんにとっての「暗み」だった。乳癌の告知。だが、負けん気の強い彼女は、「そんなのに負けへんで」と闘病生活に入る。永田さんは「死んだらダメだ。死んだら忘れられる」と、必死の看病。だが、病魔は彼女をむしばんでいった。死の前の作品を読むと、やや日記的だが、一日百首を目標に、毎日、うたをつくっていたという。

二〇一〇（平成二二）年八月、死去。六十四歳であった。「現代の与謝野晶子」と言われ、現代短歌の中心的存在が六十四歳で亡くなるとは……。歌集に残ったうただけでも六五〇〇首以上あった彼女だから、もっとたくさんのうたを手にしていただろう。

ぽぽぽぽと秋の雲浮き子供らはどこか遠くへ遊びに行けり　『紅』

子どもたちへのメッセージだろうか。こんな、かわいいうたもつくっていたのに。

石川不二子

農場実習明日よりあるべく春の夜を軍手軍足買ひにいでたり

その歌集はあった。書庫の裏に並べた本棚の列のいちばん手前の棚にあった。『定本歌集　牧歌　石川不二子』（不識書院）。当時としては珍しく、歌集っぽくなく、小説のような装幀が好きだった。薄いブルーの表紙にきんぽうげのような花が一輪咲いて、あとは二つの蕾（装画・西村昭二郎）。一九七六年九月二十五日発行。

当時の私といえば、しばらく島根県松江市に住み、大阪の実家に戻ったときだったろうか。母が、文化出版局発行の「ミセス」という婦人雑誌を購読していて、そこで発表される現代短歌女流賞を受け、紹介されていたのを求めたのだと、考えられる。歌集はいまも美しいままで、何度も何度もくり返し読んだはずだが、傷んではいない。

農場実習明日よりあるべく春の夜を軍手軍足買ひにいでたり　『牧歌』

睡蓮の円錘形の蕾浮く池にざぶざぶと鍬洗ふなり

中城ふみ子が第一回短歌研究新人賞（現呼称）を受けたとき、こうした作品を含む「農場実習」で、石川不二子は次席として登場した。中城とは全く違う青春歌だ。

石川不二子、一九三三（昭和八）年、神奈川県藤沢町（現藤沢市）生まれ。父・六郎は朝日新聞社に勤めるジャーナリスト。東京農工大学農学部農学科に入学。先の農場実習や鍬洗いなどは、作者自身の体験そのものだった。

石川さんとは、短歌研究新人賞の選考委員をした折、何度か、お話をした。先輩の歌人達の作品を読んでいると、理科系の女性たちのうたが、きらきらしていて、憧れたの、と言ってらした。女性が、農学部などとは珍しいときに、石川さんは、そんな思いを抱いていらしたのだ。大学入学以前から、短歌をつくり、佐佐木信綱に直接指導を受けていたという恵まれた環境ゆえであろう。

六一年、農工大の仲間が始めた島根県三瓶《さんべ》開拓地東ノ原農場に入植。そこで結婚。五男二女をもうける。入植者の生活は私には到底わからない。『牧歌』の「あとがき」には、こんな言葉が記されている。

経営ばかりでなく生活まで——釜も、財布も一つという全面共同の開拓生活は誰にとってもしんどいものであったが、農業を知らず、過保護育ちのいくじなし、その上生来の横着者で足手まといの私に、終始あたたかかった東ノ原農場、鳴滝農場の仲間たちに、限りない感謝をもって、この歌集を捧げたい。

のびあがりあかき罌粟咲く、身をせめて切なきことをわれは歌はぬ　『牧歌』

神奈川から島根県の山奥の開拓農場に。「あかき罌粟」は、今の生活に溶けこもうとする作者なのだろう。「切なきことをわれは歌はぬ」、その通り、石川さんの作品は、たいへんな現実から離れ、つねに清々しいまでの自然や動物たちとの触れ合いから生まれている。

きさらぎの闇やはらかに牛眠りその頭上にははにはとり眠る　『野の繭』

きっすいの農婦ではないが、自然への視線が、すでに農婦のごとく伸びていて新鮮だ。

その後、岡山県へと移住。その間も、作歌は、続けられた。

幼くて父と長じて恋人と歩きしふるさとどこも坂みち　『高谷』

石川さんと最後に二人で話した折、「ほしいの」とおっしゃり、「何？」と伺ったら、「賞が」と答えられ、その年の迢空賞を受賞された。何だか私は嬉しかった。そんな俗的な世界から離れた方だと思っていたから。

大西民子

てのひらをくぼめて待てば青空の見えぬ傷より花こぼれ来る

埼玉に、しばらく住んだことがある。埼玉といっても端の端。茨城県や千葉県にも近く、何百メートルか行くと、利根川の堤があるところだ。

町（今は市）のあちこちの電柱に赤い印が付いているので、町の人にうかがってみると、かつて、利根川が氾濫したとき、赤印まで、水が来たという印なのだという。あんなところまで？　初めて見た私は、その高さに驚いた。電柱のてっぺん、三メートルぐらいの高さにその印は、記されてあったから。

あるとき、お隣りの方と話していたら、豊橋市民病院から転院してきたとおっしゃったので、「岡井先生、ご存じですか」と尋ねると「とても有名な歌人だとうかがっています」とのこと。びっくりした。そんなことから、

「埼玉にも大西民子さんとか、優れた歌人が、いらっしゃるとか……」。

「大西民子」。私は、まだ、彼女を知らなかった。近くの図書館に行ってみたがない。私は浦和の図書館まで行った。『まぼろしの椅子』、その本はあった。幻のように。

かたはらにおく幻の椅子一つあくがれて待つ夜もなし今は　　『まぼろしの椅子』

共に住むべきひと。その人は帰ってこない。一晩中待っていたのに……。そんなふうに、理解できる。彼はどこに行ったのだろう。寂しさと虚しさが交錯する作者。すでに、あきらめが感じられる。

せめて深き眠りを得たし今宵ひとり食べ余したる林檎が匂ふ

眠られぬ夜が続く。そんな中での一首だろう。かたわらにいるはずの人はいず、どうしても眠りつかない夜。二人で半分ずつ食べるはずの林檎が匂ってくる。独り寝の寂しさが伝わる。「食べ余したる」が、作者の心のいらだちを代弁している。

亡き人のたれとも知れず夢に来て菊人形のごとく立ちゐき　『風水』

作者は妹を亡くしている。作者は妹をこよなく愛していたが、それが……。

これは、亡くなった妹さんのうただろうか。もしかして、「かたはら」に坐るべき人なのだろうか。わからない。いずれも、自分の孤独をどしんと突き出した作だ。彼女は独り。いつも独り。そんな感じが伝わってくる。

降りやまぬ雨の奥よりよみがへり挙手の礼などなすにあらずや　『花溢れゐき』

この作は、「幻の椅子」に坐るべき彼をうたった作だ。

てのひらをくぼめて待てば青空の見えぬ傷より花こぼれ来る　『無数の耳』

彼女のうたでいちばん好きなうただ。「青空」は、たぶん自分自身を示しているのだろう。「青空」のように生きているつもりでも、私のてのひらは傷だらけ。いえ、全身も傷だらけ。でも、そこから、こぼれる花びらのおかげで、私は生きている。生きなくては……。そんな作者の思いの伝わる作だ。

大西さんとは、話を交わしたことはない。私たちは、まもなく埼玉を離れ、山梨県の山奥に移り住んだ。私のてのひらも、全身も、傷だらけで山奥に向かっていった日を忘れない。

おのづから意識遠のき豆電球のごとくになりてしまふときあり　『風の曼陀羅』

こんな心中の私であった。

春日井　建

死ぬために命は生るる大洋の古代微笑のごときさざなみ

春日井さんの姿を何度か、拝見したことがある。いずれも何かの会であったので、言葉を交わすことはなかった。はっきりと思い出せないが、服装が印象的だったのを覚えている。普通の人とは、ちょっと違う。ユニークな服装だったように思う。

そういえば、春日井さんの流れを継ぐ黒瀬珂瀾さんの服装もユニークで、（彼は春日井さん亡き後、「未来」に参加）その雰囲気は独特だ。

宇宙服ぬぎてゆくとき飛行士の胸にはるけき独唱《アリア》は澄めり　『行け帰ることなく』

春日井さんも黒瀬さんも、宇宙服でさえ、着こなしそうだが、私の勝手な想像にすぎない。

「現代はいろんな点で新古今集の時代に似てをり、われわれは一人の若い定家を持ったのである」。三島由紀夫が『未青年』（春日井の第一歌集）に寄せた言葉は、よく知られているが、三島と春日井には、どこか似たところがある。私の個人的感想だが、この二人の美意識が似ているのではないか。三島のいう新古今集の時代とは、王朝の末期、人々は、やや厭世的になりつつある。定家は、もちろん、百人一首の撰者とされている藤原定家。「現代の定家」と称された春日井は、

大空の斬首ののちの静もりか没《お》ちし日輪がのこすむらさき　『未青年』

ゾッとするような、こんな一首をつくっている（その後の三島を想起させるような）。

春日井建、一九三八（昭和一三）年、愛知県生まれ。一九五五（昭和三〇）年頃から父、濱の発行する中部短歌会「短歌」に作品を発表。父の逝去に伴い同誌の編集発行人となる。

童貞のするどき指に房もげば葡萄のみどりしたたるばかり　『未青年』

まさに、したたるばかりの「若い定家」。彼の作品は、短歌の世界に、鋭い刃をつきつけた感がある。

青嵐過ぎたり誰も知るなけむひとりの維新といふもあるべく　『青葦』

「ひとりの維新」という言葉が迫る。この前に作者は、一度短歌と訣別したが、復帰。いっそう鋭くなった美意識を深めた。たったひとりで、私は短歌の世界をあたらしくするのだ。春日井の覚悟のようなものが伝わってくる。その後、癌に病む。「ジェンダー」「ジェンダー」と叫ばれる今の時代に、彼が存在したら、どんな反応を示すだろうか。

またの日といふはあらずもきさらぎは塩ふるほどの光を撒きて　『白雨』

美しい光景が立ち上がってくる。「きさらぎ」と、仮名にしているのも、美しさを強調している。美しいといえば、彼自身が美しく、全身にオーラのような何かが漂っていたような気がした。春日井の作品が持つ美しさを、人として自らも持っていた。

「美しい」、それが、作者にも作品にも、ぴったりとするのが、春日井建だ。それは、ナルシシズムでもあり、痛ましいまでの自己愛でもあるのだろう。


波立たぬ潮のしづけさ死ののちは儀礼的なる言辞を賜へ　『井泉』

自らの死を前にして、それにふさわしい短歌を捧げよ。そんな作者の姿が迫ってくるような作品である。

美しい、人であり、作品である。それが、春日井の世界といえよう。

坪野哲久

蟹の肉せせり啖《くら》へばあこがるる生れし能登の冬潮の底

海の色が違う。太平洋と日本海と。

太平洋近くに生まれ育った私が、初めて日本海を目にしたとき、その黒さと荒々しさに驚いた。日本海は常に怒っている。そんな印象を抱いた。

坪野哲久。石川県生まれ、能登の羽咋《はくい》郡で成長し、その風土性を精神として生きた歌人。というより、私にとっては、プロレタリア歌人の旗手という印象が強い。若い後輩に「プロレタリアって解る?」と尋ねると「解る」と答えが返ってきたが、どんなイメージを持っているのだろう。

哲久は、能登での銀行員生活をやめ、東洋大学に入学、島木赤彦の指導を受ける。その後、「ポトナム」に入会。卒業後は、渡辺順三たちとプロレタリア歌人同盟を結成、「短歌前衛」を創刊するも、度々、発禁処分となる。彼の第一歌集『九月一日』も発禁処分。その後、検挙の身となっている。
ここで、忘れてはならないのは、彼の妻であり、同志である、山田あきの存在である。二人は、一九三一（昭和六）年に結婚している。検挙後、勤め先を転々とし、病に臥した哲久を支えたのは、あきである。

歌よみがせんべい焼くとぞおどろきのひとみに映る秋雲の澄み　山田あき『紺』

あきの作品はやわらかい。焼鳥屋をしたり、せんべいを焼いたりの生活をして、病の哲久を支え続けた。
私は、哲久の作品は、男のうたと感じている。思想的、政治的な作品も含めて、一本の旗のように、きっとしている。しかも、美しい詩情が漂っている。

かなしみのきわまるときしさまざまに物象顕《た》ちて寒《かん》の虹ある　坪野哲久『碧巌』

冒頭の一首は、能登を離れての作であろうが、蟹の肉「せせり啖《くら》へば」に、地元の人でないと表現できないリアリティーがある。

「かなしみの」の作は、結句に「寒《かん》の虹ある」としているのが、ハッとさせる。

彼の作品は男性的で直接的だが、どこかに浪漫性があり、単に、プロレタリア歌人と決めつけるのには、惜しいものがある。

母のくににかへり来しかなや炎々と冬濤圧《お》して太陽没《しづ》む　坪野哲久『百花』
ゆたかなるララの給食煮たてつつ日本の母の思ひはなぎず　山田あき『紺』

二人の母のうたを並べてみた。「ララ」は、アジア救済連盟の略称。

男女の違いと言えば、そうではあるが、哲久のうたは大きい。海を眺めての一首だろうか。あきのうたは、日本の女性をうたっているが、やはり、女性的である。

今回、坪野哲久を読み返して、これぞ、男のうたと感服した。

政治的な挫折、病、それらを越えて、彼は決して志を曲げなかった。能登の士族の末裔であるという強い意志があったのだろうか。

能登に生まれ経堂に住む一歳と八十一歳あやしき時間

坪野哲久『人間旦暮 春夏篇』

これは東京での一首だが、激しいプロレタリア全盛の時代をくぐり抜け、一歳の孫と遊ぶ時間、「あやしき時間」に何ともいえない思いが込められている。哲久の悔しさ、時代の流れ、さまざまの感慨が交叉していると考えられるが、彼の晩年に、こうした時間があったことを喜びたい。男のうたをうたい続けた哲久に――。

この秋はせんべいを焼くどんづまりわが血を濃くし生きねばならず

坪野哲久『北の人』

◎芍薬の章

河野愛子

触角の如く怖れにみちてゐる今日の心と書きしるすのみ

河野愛子さんが亡くなった後、近藤芳美先生が、「河野さんは、本当の詩人だったなぁ」とおっしゃった。「それを生前に……」と何人かが申しあげたが、先生は、黙っていらした。「本当の詩人」。私には、いまだ解らない。ただし、河野さんの言葉への執念は凄まじいものだった。

やがて吾は二十となるか二十とはいたく娘らしきアクセントかな

『ほのかなる孤独』

初期の作品だが、声を出して読んでみると、「二十」のくり返しが、一首を飛び出している。ここが、この歌の魅力となって、誦んでみたくなる作品だ。たぶん、ご自身も誦しながら、おつくりになった作だろう。掲出の作も、初句に「触角」をもってくる迄、どれほど、悩み、苦しんだだろう。

体の弱かった河野さんは、一日一日を怖れ続けていたのだろう。それを「触角の」と描いた繊細さに、ただただ驚く。ただ日常の中に、

らつきようの玉かがやけるよろこびのごときを水に打たせてをりつ　『魚文光』

こうした喜びを持つ人でもあった。

美しい方であった。あまり、未来の会にもいらっしゃらなかったが、来られるときは、黒の衣装、もしくは、着物。「体の線の美しい方ね」と河野裕子が言ったのを覚えている。近い妹弟子の私でも、近付けない何かがあった。

草原にありし幾つもの水たまり光ある中に君帰れかし　『木の間の道』

恋人を見おくる一首だろう。「水たまり」の光が、彼を美しく輝かせている。

では、この二人は、どんな夫婦だったのだろう。

子の無きがこの家ぬちに擦れちがひ老ゆるとおもふ空気一瞬　『光ある中に』

子供の無い家。夫と自分だけの家。空気がふるうことの少ない家。河野さんは、言葉と格闘することで、その孤独を越えようとしていたのではないだろうか。

一夜きみの髪をもて砂の上を引摺りゆくわれはやぶれたる水仙として　『鳥眉』

失愛の一首だろうか。美しいから、多くから愛された人だ。だが、これは恋に破れた自らを、なおもって、誇りを持って生きようとする作者の姿だ。気高く、詩人としての誇りを持ちながら。

子は抱かれみな子は抱かれ子は抱かれ人の子は抱かれて生くるもの　『黒羅』

やはり、河野さんは寂しかったのだ。こんなうたは、河野さんの鋭さを、少しやわらげてくれる。

「本当の詩人」とは、言葉への接近を最後迄あきらめず、生き方も、ここに近付けようとする鋭い生き方をいうのだろう。「本当の詩人」。近藤さんの言葉を何度もくり返しながら、私は遠い先輩を追っている。

子の無きがこの家ぬちに擦れちがひ老ゆるとおもふ空気一瞬

やはり、河野さんは寂しかったのだ。

石田比呂志

未通女《おとめ》らの乳房《にゆうぼう》酸しと思うまで今日一《いち》の暮花《くれ》冷えしるし

はっきり言うと、この先輩は好みではない。通りがかりに乳房を触ったり、突然、我が家に来て、つまみが貧しいと、彼（元夫）の頭にビールを投げつけたり、ほんに仕様のない先輩だった。

ただ、人生を捨ててまで、短歌にのめりこんでいる姿は、笑うどころではなかった。一九三〇（昭和五）年、福岡県生まれ。十八歳のとき、短歌で一旗揚げようと、上京。建設現場などなど、テキ屋までして、東京で暮らした。だが、貧困の中、帰郷。そこで、「無用者」のうたを考えついた。つまり、普通の人間の短歌ではなく、普通からはみ出した人間の短歌をつくるようになる。

よくもまあ此処まで連《つる》んで来たもんだ今夜は臍を洗ってやろう　『春灯』

あっさりと風が攫ってゆきしもの立身出世たんぽぽの絮

作品は簡素で、一読してよく解る。しかも、どこかに渋味がある。私は身近にいたので、阿木津英の才能におどろき、彼は彼女を日本一の女性歌人と考え再び上京したが、予想だにしない俵万智の出現。彼らの夢は消えてしまった。俵と阿木津は全く違う。

産むならば世界を産めよものの芽の湧き立つ森のさみどりのなか

阿木津　英『紫木蓮まで・風舌』

彼女は、悔しかっただろう。俵さんの祝賀会のメイン・テーブルで「そこに座るのは私なのだ」と叫んでいた阿木津を覚えている。俵のうたの簡素さに比べて、阿木津のうたは、理が勝ち、やや難しいのが違ったのだろう。

七十と二になりましたお母さん墓参りには帰れませぬが

このような作品には、ちょっと笑ってみるところがある。達者、作品は達者だ。だが、阿木津英と九州から出てきた時の東京の「未来」は、東大、京大卒といったエリートばかり。では、自分は、全く違う道を行こう。

いろはにほ三十一《みそひと》尋めて行き昏れて有為の奥山　うふっ　桜が咲いた

このようなのには、うまいなあと思うが、先に書いたように、九州で、美人で短歌もうまい女性をポイと捨て、阿木津英と同居を始めたのである。阿木津英は、才のある女性だが、ときが悪かった。俵万智が登場し、口語短歌が広がっていくときだった。何とも何とも……。

オブラートに包《くる》んだような渡世にて八卦見よりも行末が見ゆ

自らを「無用者」と呼び、その果てを見ている石田。普通の死は、自らに来ないだろうと達観している。

夕ひかり残る路上を徒党無き犬が拓落の歩みを運ぶ

あらためて石田比呂志を読むと、一語一語への厳しい目が輝いている。
そして、巧妙だ。巧いがどう解していいのか。とにかく巧いのだ。

一つまた齢重ねてつつく鍋竹馬の友ら死ぬ気配無し

「無用者」の自分は生きながら、友は次々、なくなっていく。無明の世界だ。
時代は難しいものを含んでいる。

田井安曇

信濃恋いまたしんしんと湧き出でて遠信濃恋いはてしもあらず

私が「未来」に入ったときには、すでに岡井さんはいなかった。「岡井さん」「岡井さん」と周りの人が言っていても、何のことか、わからなかった。だんだん、その人は「未来」を率いる人なのに、ある日、いなくなったとわかった。若い女性と共に。具体的にわかってくると、短歌の世界も人間界と同じなのだと思えてきた。

ただ、近藤芳美先生が、中心にデーンといらっしゃるので、私は動揺をしなかった。

そこで、新しい編集長となったのが、田井安曇（かつては我妻泰）さんだった。

田井さんは長野県飯山の出身。私がお会いした頃は、中学校の先生だった。


菜の花の咲きひろがれる国のはてひとつ死に遭いて帰り来にけり

『右辺のマリア』

彼は信州を愛していたのだろう。信州をうたった作が多い。私は、彼の信州恋いの作が好きだ。

生まれ故郷へ人の死に遭いにいった思いをうたった作だが、冒頭の作では「しんしん」に、身体の中から望郷をうたっているのが感じられる。東京にいても、彼のこころは、常に信州にあったのだろう。両親がクリスチャンだったので、幼児洗礼を受けた。このことは、知らなかった。むしろ、左派の先生で、ずい分、学校では、つらかったであろうと思っていた。

多く獄衣を着せられて詩人となりしもの凡そといえど考えうるや

やや、難しい一首だが、彼の作品にずっと流れている「詩人」イコール「ボロボロ」。獄衣につながるように感じる。詩人とは何か。詩人とは、「ボロボロ」の人間なのだ。そんな彼の思いが伝わる気がする。小林多喜二を思う人がいるかもしれない。

つまり、詩人とは、獄衣をまとい、獄舎に入っても、信条は高く、志を失わない。そんなことを言おうとしている一首だと思う。

兄弟子にあたる田井さんには、ずい分と影響を受けた。だが、私自身も左派的人間だったので、違和はなかったが、多くの人が、それを疎んじた。

岡井さんが帰ってくると田井さんはどうなるのだろう。その不安が当たって、岡井さんが戻ると、田井さんは「未来」を出て「綱手」をつくった。彼にとっては、あまり、こだわることではなかったのだろう。

おろかなる涙は出でてうつそみの耳にくだれりくらやみにして

普段は、ひょうひょうとしていた彼も、こんなときがあったのだ。文学と政治を何とか近付けようと努力している姿は、私にとっては、貴重な文学の兄であった。

精神のよろこびという形にてわれを貫くこえありにけり

うっすらとしか知らないが、田井さんに、淡い恋があったと人から伺った。右の作では、何となく、田井さんにも、そうした喜びがあったのではなかったか。そう思える。

政治と短歌、ある時期から、その二つは分離しつつあった。その中で、田井さんは必死に、その二つを重ねようとした。だが、それは難しかった。

笑い袋というを厨に蔵い置く妻のかなしさの術なきかなや

子供のいない夫婦。妻でない淡い恋心を抱く夫。そんな場で、妻はどうすればよいのか。実際に「笑い袋」というのがあるのなら、私も欲しい。

長い長い電話が、彼の妻からかかり、私はただ聞くだけだったが、私の知らない田井さんを多く知った。

岡井　隆

歳月はさぶしき乳《ちち》を頒《わか》てども復《ま》た春は来ぬ花をかかげて

岡井さんは、私に厳しかった。「現代短歌　雁」十八号（一九九一年四月）に岡井さんが書いた「道浦母都子についての十五の断片」を読んだ夜は眠れなかった。厳しいけれど本当のことを言って居られる。私は岡井さんを尊敬していたので、仰る通りとひれ伏したかった。書いて下さっただけでも有難いと感じた。岡井さんは技巧派なので、短歌が下手な人が好きではない、そう思っていたのもあり、もっともと思った。

玄海の春の潮《うしほ》のはぐくみしいろくづを売る声はさすらふ　『鵞卵亭』

九州にいた頃の作だろう。私は岡井さんのこうした作が好きだった。何かの折、この一首を選んだ際、阿木津英も、この一首を選んでいて、嬉しかった。岡井さんのこのような作品に心を寄せ、秘かに尊敬し続けていた。反発したり、嫌になることはなかった。岡井さんは或る意味での天才。そう思っていたので、近くにいても疎むことはなかった。あるとき、チェルノブイリ原発にテレビの取材に行き、帰国してから角川「短歌」に二十首のうたを発表したら、「あんな体験をして、うたはこれか」と言われ、辛かった。確かに私の作品はたどたどしかった。岡井さんの仰る通りと思っていた。後に、『ウランと白鳥』を刊行され、〈白鳥のねむれる沼を抱きながら夜もすがら濃くなりゆくウラン〉を読み、岡井さんは、人一倍、核に関心をもっていらしたのを知った。

岡井隆、一九二八（昭和三）年、愛知県名古屋市生まれ。慶應大学医学部を卒業した医師であり、父、弘の影響で短歌を詠み始めたと伺っている。私が「未来」に入会した折には、すでに会にはいらっしゃらず、十年近くして戻って来られた。近藤芳美先生と岡井さんは兄弟弟子、どちらかというと私にとっては、叔父のような存在だったのだろう。

薔薇抱いて湯に沈むときあふれたるかなしき音を人知るなゆめ　『鵞卵亭』

歳月はさぶしき乳《ちち》を頒《わか》てども復《ま》た春は来ぬ花をかかげて　『歳月の贈物』

このような作品を引っ下げて「未来」に戻られた岡井さんに、驚き、必死で解りたいと、くり返し、作品を読んだ。とても近くに寄れない方だ。その表現力や言葉の多彩なこと。一首が、きっと引き緊まった集中力。「凄い‼」の一言だった。だが、私には前衛短歌的な作品に近付くことはできなかった。

蒼穹《あほぞら》は蜜《みつ》かたむけてゐたりけり時こそはわがしづけき伴侶　『人生の視える場所』
雨の谿間《たにま》の小学校の桜花昭和一けたなみだぐましも　『マニエリスムの旅』

どうしても、アララギ派の中で育まれた岡井さんのこのような作が好きだ。二首目は、あるアンソロジーに選び、無防備ともいえる岡井さんの良さについて書いたことがある。「なみだぐましも」の結句が見事な作だ。

あるとき、吉本隆明さんとお話ししたとき岡井さんの現代詩を「詩人でもこれだけ書ける人はいない」と、しきりにほめていらした。

しかし、岡井さんの思想の基本は、マルキシズムではないと私は思っている。近くにいての実感だが。

晩年の岡井さんは優しくなられ、ＮＨＫの仕事で二人だけになったとき、「今はいちばん幸せ。今までは、伴侶には、短歌や芸術と関係ない人が良いと思っていたが、今の妻は絵を描く人で、私を理解してくれている」と仰っていた。「今」とは、四番目の奥様、恵里子さんのことである。こんなことを私に話してくださる岡井さんに人間的なものを感じ、改めて尊敬の念を抱いた。

旗は紅き小林《おばやし》なして移れども帰りてをゆかな病むものの辺《へ》に

『土地よ、痛みを負え』

こうした作品の、旗も権力も、岡井さんにとっては、短歌的意匠であったのではないかとひそかに思っている私だ。

◎菜の花の章

石牟礼道子

死にて後愛さるるなどさびしすぎ拾ひ上ぐ雪の中の朱い草履を

石牟礼さんが水俣に生まれたのは、ある運命があった。私は、そう思っていた。『苦海浄土』を読み、石牟礼さんに魅かれていった頃だ。だが、そうではなかった。彼女は一九二七（昭和二）年、三月十一日、熊本県天草郡宮河内（現在の天草市河浦町宮野河内）に生まれ、生後三ヶ月で水俣町へ移る。つまり、天草で生まれ、すぐに対岸のような水俣に移り住んだのである。これも、何かの定めだったのだろう。

実は、彼女の文学的出発は短歌。詩も書き、俳句も詠み、作家と呼ばれるようになるが、最初の文学は、短歌だったのである。

水俣町立第一小学校から水俣町立実務学校（現在の熊本県立水俣高校）を卒業して、佐敷町の代用教員錬成所に入り、小学校勤務。この頃から、短歌をつくるようになる。十八歳で敗戦を迎え、小学校教員を続ける。

十九歳で退職。石牟礼弘と結婚。その頃私家版の歌集『虹のくに』を作成。次の年、長男・道生出生。

短歌は私の初恋。
常に滅び、常に蘇えるもの。
短歌はあと一枚残った私の着物。このひとえの重さを脱いで了えば私は気体になってしまうでしょう。今暫くこの薄衣につゝまれて私を育みたい。私の抱いているもの、その匂いをたどる触感だけは、持っています。

これは一九五三年（当時二十六歳）に、「南風」（新聞などの投稿欄に出詠していた彼女が、主宰者に誘われ入会した短歌結社）に記した「短歌への慕情」と題したエッセイの一部である。ここには、彼女の文学への思いが凝縮されている。
短歌をつくり始めた十五、六歳から、不思議な少女だった。ひとつは、自殺願望……。

まなぶたに昼の風吹き不知火《しらぬひ》の海とほくきて生きてをりたり　『空と海のあいだに』

自殺をあきらめてからの一首だろうか。結句の「生きてをりたり」が、死ねなかったという思いを強く表現している。何故、彼女はこの世から逃れたかったのだろう。家庭環境、職場、さまざま考えられるが、とにかく、彼女は短歌という薄衣を手放さなかった。「南風」主宰者の蒲池《かまち》正紀《まさのり》は、当時の彼女に「あなたの歌には、猛獣のようなものがひそんでいるから、これをうまくとりおさえて、檻に入れるがよい」と言っているが、何かわからぬ「猛獣のようなもの」を彼女に感じていたのだろう。

死にて後愛さるるなどさびしすぎ拾ひ上ぐ雪の中の朱い草履を

白い雪の中に残った赤い草履。視覚的にも激しさが感じられる一首。短歌仲間の自死のあと、こんな挽歌が残されている。

おとうとの轢断死体山羊肉とならびてこよなくやさし繊維質

これは事実だろう。弟の事故死。だが、このようにリアリズムとはいえ、表現できるだろうか。私にはできない。見たくもない。彼女の中にある「猛獣のようなもの」が、かっと瞳を見開き弟の死体を見たのだろうか。

私が、熊本のご自宅を訪ねた折、静かにしていた石牟礼さんが、私の顔をずっと眺めておられて、「あなたは童顔ですね」とポツンと言われた。

あの方からは、猛獣などとは感じられないが、初恋の短歌と別れ、谷川雁主宰の「サークル村」に参加するようになり、水俣病の人たちの待つ場所に吸われるように旅立っていったのである。これも、彼女の定めだったのだろう。

寺山修司

マッチ擦るつかのま海に霧ふかし身捨つるほどの祖国はありや

寺山修司を歌人とするには、少しためらいがある。高校時代は俳句、早大に入ってからは第二回短歌研究新人賞（現呼称）を受賞、その後は、ラジオやテレビの脚本をかき、自ら劇団「天井桟敷」を結成。海外公演するまでになった。だが、敗血症で亡くなる。四十七歳での死であった。

父は戦病死、母とは別の生活。
だが、彼は童心を失うことはなかった。

そら豆の殻一せいに鳴る夕母につながるわれのソネット　「初期歌篇」

母恋いともいえる一首。どこにいても、母を思い続けている彼が見える。「母につながる」は、いつも母を思っていると理解できるだろう。

海を知らぬ少女の前に麦藁帽のわれは両手をひろげていたり

目に見えるような光景だ。そして、ここにも童心のままの彼がいる。彼の魅力は、そんなところにある。

ころがりしカンカン帽を追うごとくふるさとの道駈けて帰らん

順風満帆と思われた彼にも、試練があった。俳句からの引用が、あまりにも多い。この批判に、彼は立ち向かえなかった。指摘された通りだったからである。プラス「虚構」。まだ前衛短歌の登場前だったから、短歌に「虚構」をうたうのは、タブーだったのだ。「私性」を大事とする当時の短歌界は、彼の言う「本歌取りに通ずる引用やモンタージュの手法」を受け入れようとはしなかった。十八歳でデビューして天才少年といわれた彼にとって、短歌の世界は狭すぎ、古く思われた。
テレビやラジオ、演劇へと移っていったのは、そんな短歌界が、うとましく思われたのかもしれない。

亡き母の真赤な櫛で梳きやれば山鳩の羽毛抜けやまぬなり　『田園に死す』

いまだ、生きている母を「亡き母」とよむ。これが、彼の手法ではあるが、短歌の世界では、受容されはしなかった。「私性」を大事と考えていた当時のことだから。

きみのいる刑務所とわがアパートを地中でつなぐ古きガス管　『血と麦』

虚構といっても、リアリティがある。こんな空想は、なかなかできるものではない。やはり、彼は或る種の天才といっていいだろう。

マッチ擦るつかのま海に霧ふかし身捨つるほどの祖国はありや　『空には本』

いくつかの理解ができるが、私はこの一首を読むとき、「身」を「みい」と勝手に読んでいる。その方がリズム感がいいからだ。

それと上の句と下の句のつながりをどう考えているのだろうか。「身捨つるほどの祖国はありや」だから、この国のために、自らの命を捧げる気はない。そう、とらえてもいい。それにしては、上の句は、のんびりしているともいえる。だが、ここから、「マッチ擦る」彼が浮き上がってくるのだ。

はっきりいうと、寺山修司は、好きな作品は、いくつもあるが、私生活では、あまりいい評判はきかない。

『虚人 寺山修司伝』なる評伝も出ている。そこまでは言わないが、得体知れない不思議な人だ。

津田治子

まがなしく光る螢よいつよりか掌《て》の感覺も失はれたり

私の前に一冊の本がある。

タイトルは「訴歌《そか》」、タイトルの横に「あなたはきっと橋を渡って来てくれる」と記されてある。

そう、私は渡って来た人だから、この本をしっかりと読まなくては……。

『訴歌《そか》』には、三千三百余の川柳、俳句、短歌が収められている。

だが、その読者が、この本を読み、橋を渡ってくれるとは、どんな意味を持つのだろう。

私は、三年前、この橋を渡った。岡山県の長島愛生園。瀬戸内海に浮かぶ島で、ボランティアの案内の方が、ていねいに説明して下さった。

初めて、橋のない橋を渡っていったのは、ずい分前、熊本県の菊池恵楓園。津田治子という歌人を訪ねていった。すでに彼女は故人となっていたが、園に私の結社「未来」の方がいらして、ご自分で案内をして下さるとのことだった。

熊本駅から、タクシーに乗り「菊池恵楓園に」と、言った途端、運転手の態度が変った。「あそこは行かん」「どうして」「……」「じゃ園の百メートル手前で降ろして下さったら、あとは歩いていきます」。私の叫びに近い声に、運転手はしぶしぶ、クルマを動かした。

なぜ、こんなことがあるのか。

「橋」と美しく表現されているが、愛生園も恵楓園も、かつて、全国各地にあったハンセン病患者の公立療養所だったところなのである。

いまでこそ、ハンセン病者と呼ばれ、プロミンの特効薬のおかげで、患者の人々も解放され、一個の人間として、一人一人が尊重されるようになってきたが、かつては違った。ハンセン病の患者を出した一家は、家を移らねばならないような迫害を受けた。もちろん、当人は、子供であれ、大人であれ、ほとんどが全国各地にある療養所に、引っ立てられるように連れていかれ、そこ以外へと出ることはできなかった。

私が津田治子に関心を抱いたのは、その作品の澄明さ故だ。


この夜の雨をしきけば滿ち足りていのちの終るときの如しも　『雪ふる音』

雨の音に自らの終りを重ねて、凄まじい人生だったろう一生を「満ち足りて」と表現している。何と謙虚な人であろう。

津田治子は一九一二（明治四五）年、佐賀県生まれ。療養所で、受洗後、生活。「アララギ」に入会、土屋文明の選を受けた。

恵楓園での生活の中で、彼女は、二度の結婚をしている。男性も女性も、体を支えるパートナーが必要だったからだ。

園の中には、夫婦として暮らす療舎や小さな会議のできる建物もあった。

私は、「未来」の仲間に「行ったら、みなさんと歌会ができたら……」と言ってあったので、彼女は、十名近くの歌仲間を集めて下さっていた。サンドイッチ、ドーナツ、さまざまの食べ物を買って持参した私は、自らの浅はかさに胸を刺された。

短歌の会のメンバーは、私の持参した食べ物を、小さく小さく刻み、竹串で食べている。手が自由に利かない人がほとんどだったのである。私は、そこまで考える心を持ってなく、浅はかなことをした、と悔しみに震えた。

次の世にいのちゆたけきをみなにていく人もいく人も吾は生みたし

病のない女性として次々と子を産み、来世は普通の人生を生きたい。そんな意味だろうか。

「未来」の仲間は、最後に、治子はここで亡くなり眠っている、と、療養所で亡くなった人々の慰霊塔に連れていって下さった。そして、治子が慕っていた人が、そのとなりにいるのよ、と、小さな声でささやいてくれた。私は、ここで、憧れる人があったのかと、嬉しかった。そして、二つ並んだ治子と男性の骨つぼの前で長い長い黙禱をした。

辺見じゅん

花々に／眼のある夜を晩年の／父あらはれて／川渉《わた》りゆく

この一首の中の「父」は、角川源義。釈迢空門下の、民俗学を深く愛した、角川書店の創業者である。

辺見さんを知ったときは嬉しかった。それまでは、早大出身の歌人は男性ばかり。初めての女性歌人、先輩として親近感を抱いた。

いづかたの春のくれなゐそのむかし男は女のために死せりき　『水祭りの桟橋』

辺見さんのうたは、わかりやすく、明解だ。私は何回か、辺見さんに、直接さまざまの話をうかがった。「僕と結婚してくれないと死ぬ」という言葉を信じて（お嬢さん育ちだからだろう）、その人と結婚。子供を二人、もうけてもいる。

ちちははのよろこびのなかに生まれしと／告《つ》ぐれば少女子《おとめご》／眸《まみ》を伏せをり　『闇の祝祭』

帰りくれば二人子のてがみ卓の上《へ》に／花びらのごと置かれてゐたり

だが、幸せな結婚ではなかった。しかも、弟、角川春樹のこと……。

おとうとよ角なき鹿の鳴くといふまほろば大和に月澄みてをり
一枝の櫻見せむと鉄格子へだてて逢ひしはおとうとなりき　『幻花』

ストレートな作歌で、「鉄格子」越しとは、読む者に衝撃を与える。どんな思いだったのだろう。

辺見さんには、もう一つの顔がある。ノンフィクション作家としての辺見さん。父から授かった民俗学への傾斜。そこから生まれた『呪われたシルク・ロード』を始めとする『男たちの大和』『収容所から来た遺書』で確固たる地位を。民俗学はもちろん、戦争に対する深い思い入れのある作品群だ。

角川源義、「父より師」であった父。冒頭の一首は、父恋いのうたとも受けとれる。


遠山にきれぎれの虹つなぎつつわが父の座に雪は降りつむ　『雪の座』

この夕べ／ふるき頁に書き込みの／朱は父なりき創《きず》のごとしも　『闇の祝祭』

これらも父への挽歌。辺見さんにとって、父という存在は大きく、彼女の作品が、それを物語っている。

ある時、斎藤茂吉に関わるシンポジウムが山形であり、終了後、パネリストを務めた辻井喬さん、辺見じゅんさん、私と三人で夜遅くまで話をしたことがある。辻井さんの本名は堤清二。父・堤康次郎の築いた西武王国を更に発展させた二世。詩人、作家としても優れた活動をしていた人物であり、二人の話は興味深かった。共に二世として、表現者でもある立場。遅くまで話は尽きなかった。

辺見さんは、外から見るのと違い、あまり幸せではなかったのではないか。父の離婚。義妹の自死など、受けとめるにはあまりにも難しい家族との関わり。二人の娘を育てながら、埋められない孤独を抱えていたのではないか。

歌人としては一九七二（昭和四七）年、馬場あき子主宰の「かりん」の創刊同人となり、二〇〇八（平成一九）年に自ら歌誌「弦」を創刊している。

二〇一一年、七十二歳での死。詳しくはわからない。どこかで、偉大な父を持った故の何かを背負っていたかのようであった。

うたと離れた父の源義、うたに向かった長女の辺見さん、父と同じ俳句への道を進んだ長男の春樹氏。それぞれは何を見つめ、どこに行こうとしていたのだろうか。


静脈の枝分れ見ゆもろ人の刃なすこゑわれが受けとむ　『幻花』

「静脈の枝分れ」は血脈を示す。「もろ人の刃」、それぞれが刃のような「こゑ」をもって、生き競っている。この一首から、私たちは、どんな想像をするのだろう。わからない。今もって……。

山崎方代

ふるさとの右左口郷《うばぐちむら》は骨壺の底にゆられてわがかえる村

ただ一度、方代さんを拝見したことがある。白い麻のスーツを着て、髪は肩までの長髪。かなり、おめかしをしていて、私の想像していた方代さんとは、大変違っていた。若い人に賞を授けるということで、私の知人がもらい、たいそう、楽しい会だったことを覚えている。

生れは甲州鶯宿《おうしゅく》峠《とうげ》に立っているなんじゃもんじゃの股からですよ　『右左口』

ここまで書いて、読者は気が付くと思うが、方代さんの作品は、口語体である。一九四六（昭和二一）年、戦地から病院船で帰還して以来、彼のつくる短歌は、概ねずっと口語体なのである。

私の目にした方代さんは、想像とずっと違っていた。職業不詳、居所もわからず、ふらふらとこの世を浮くように生きている。私は勝手にそう思っていた。

ところが、白の麻のスーツ、知人のもらった方代賞は十万円。どうなっているのだろう。

方代は、一九一四（大正三）年、山梨県東八代郡右左口村（現甲府市右左口町）に、八人兄弟の末っ子として生まれた。

「方代って名は、生き放題、死に放題から来ているんだよ」と、本人が言う通り、彼の生き方は、まさにそうだった。方代の父は、事業家肌だったが、いずれも失敗。家族は、じめじめとしていたので、方代は、一生独身をつらぬいたのだろう。

両親共、眼が悪く、そのせいか、方代も出征の頃には、右眼は、殆ど見えなかった。

少年時代から、根っからの文学好き。十七歳の年に最年少会員として右左口の地上歌会に入会。山崎一輪というペンネームでうたを発表している。以後は短歌に熱中、さまざまの新聞、雑誌に投稿。横浜に移り住み、文学道半ばのところに応召。一九四六（昭和二一）年、病院船で帰還し、歌誌「一路」の山下陸奥を訪ねている。

茶碗の底に梅干の種二つ並びおるああこれが愛と云うものだ　『方代』

茶碗の底に梅干の種二つ並びおるああこれが愛なのだ　『右左口』

一九五五（昭和三〇）年十月十五日、第一歌集『方代』が刊行された。方代、四十歳の年である。

右に記したように後に結句が変っている。前者より後者の方が断定的だ。何があったのだろう。

はぎしりして鐕《かなしき》を打つ靴を打つときの間もあり広中淳子　『右左口』

方代に、傷痍軍人の職業訓練として靴職人から技術を習得して、靴修理で糊口をしのいでいた時代があったことは、よく知られている。だが、靴修理をしながら、一時も忘れられないマドンナが存在していたのである。

広中淳子。会ったことはないが、文学を通して彼女を愛した方代。余程、覚悟をしてだろうが、方代は、彼女の住む和歌山市を訪ねている。だが、会うこともなく戻ってきている。「梅干の種」は、二つ並ぶことはなかった。

彼の生活ぶりを見て、いろんな方が応援した。鶴岡八幡宮三の鳥居すぐ前の鎌倉飯店のご主人、根岸侊雄さんは、その代表。彼のために、自宅の一角にプレハブを建てたりもしている。

一度だけ本当の恋がありまして南天の実が知っております　『こおろぎ』

やはり広中淳子のことだ。どういう生活をしていたのか、詳しくは知らないが、「生き放題、死に放題」の自由気ままの人生は、今の世にあって、楽しかったのではないのだろうか。あの口語体も自然に口吻として出てきたような気がする。「イキホウダイ、シニホウダイ」。何とも自由。楽しいな。

◎睡蓮の章

岸上大作

巧妙に仕組まれる場面おもわせてひとつの死のため首たれている

久しぶりに『岸上大作全集』（思潮社）を開いてみると、一通の手紙がはさまれていた。差し出し人は大作の母、岸上まさゑ。年号は読みとれないが、十一月二十日という日付はわかる。私が、岸上の実家を訪ね、墓参をしたことへの御礼の内容である。

「あなた、安保世代でしょ。樺美智子さんが亡くなった……」「いいえ、樺さんは六〇年安保、私は七〇年安保です」。こんな会話を何度したか。六〇年安保も七〇年安保も混同され、いいえ、どちらも知らない世代が多い。

一九六〇（昭和三五）年六月十五日、国会構内での全学連と警官隊との衝突の中で、東大生、樺美智子さんが亡くなった。岸上の一首は、警官隊への怒りと、暴力への怒りがこみあげてくる作である。

私は、その頃、中学生だったと思うが、女性でも、自分の国のために、生命を懸ける人がいるのだ、と胸に深く刻んだ記憶がある。

血と雨にワイシャツ濡れている無援ひとりへの愛うつくしくする　『意志表示』

「黙禱」と題された、この一連の中に、右のような一首があり、相聞と思われているが、私は、この「ひとり」は樺さんではないかと考える。

岸上大作は、一九三九（昭和一四）年、兵庫県神崎郡福崎町西田原に生まれる。三歳のとき、父は応召、六歳のとき、戦病死した。二歳年下の妹、佳世がいる。父が亡くなって、母子はたいへんな生活を強いられたが、祖父（勇次郎）が、生花の師匠で、それが評判になり、生計に困ることはなかった。

中学時代から文学に親しみ、生徒会の書記長になってもいる。十五歳頃から俳句をつくり、高校では文芸部に入部し、小説を書く。

この頃、恋に目覚め、校友に恋文を出す。だが、うまくいかず、その頃から、短歌をつくりはじめる。ロシア文学に魅かれ、ツルゲーネフやドストエフスキーに感動する。

一九五八（昭和三三）年、國學院大學文学部文学科に入学、同時に短歌研究会に入会。

美しき誤算のひとつわれのみが昂ぶりて逢い重ねしことも　（I　T・Nに）
ポストの赤奪いて風は吹きゆけり愛書きて何失いしわれ

何首かある彼の愛のうたは、いずれも愛の成就にいたらず、独り思い、どちらかというと、失恋のうただ。しかも詩的でもある。

愛喪いし日のために刻みゆき年輪は樹に美しきもの

一人ではなく、何人かの女性に好意を抱くが、いずれも、失恋に近い失意に満ちている。失恋のエネルギーは、彼を政治的行動へと駆り立てていく。もちろん、当時の学生の多くが、政治へと傾斜していたのも事実である。

革命歌うたえぬままに信じたき思いにて組む腕は強く腕に

一九五九（昭和三四）年から翌年にかけては、右のような政治的なうたが多い。

一九六〇年十二月五日の自死は、失恋と政治的挫折と一般的には言われているが、私は異なった見解を持っている。

「大作は東京へ行きたかった。私と祖父とのいさかいを毎日見るのが嫌やったんや」。

岸上の墓にいく途中、まさゑさんは、家の中の様子を細々と話して下さった。その後、全集を読み返して、母のうたが多いのに驚いた。岸上は、母を捨てた、毎日のように祖父にあらがう母を捨てたことを、いちばん苦しんでいたのではないか。私は、そう考えている。

永井陽子

べくべからべくべかりべしべきべけれすずかけ並木来る鼓笛隊

何の音だろう。

森の向こうから、はっきりと聞こえてくる。

子供たちの声だろうか。

いいえ、違う。

よくよく聞けば、これは、推量の助動詞「べし」の活用を用いた言葉だ。声を出して読んでみると、その軽快さと楽しさが、パッと明るく開いてくる。


永井陽子。初めて会ったのは、名古屋だったような気がする。

少女が少女になり、少女が、また少女になる。

彼女は、そんな人だった。会ったのは、三十代だと思うが、少女っぽくて、触ると壊れそうな、繊細さが印象的だった。

今のように短歌ブームが来る以前、その前兆が、ちらほらと見えるようになった頃だった。「女性だけで、短歌のシンポジウムをしてみない?」言い出したのは永井さんだった気がする。阿木津英、河野裕子、永井陽子、そして、私（道浦母都子）。タイトルは「女・たんか・女」。名古屋でするというので、永井さんは、場所さがしから、人集めまで、きゃしゃな体で、ずい分と奮闘して下さった。

お陰で、会場は満員。どこか、学校の講堂のようなところだったが、熱気あふれるシンポジウムだった。後から、参加者から、マイクを取り合っての熱戦だったと言われたが、当事者の私は、覚えていない。

「女・たんか・女」は、三回目、一九八四（昭和五九）年春、京都で拡大したかたちで開催され、永田和宏、河野裕子夫妻の渡米により、一応、幕を閉じた。

私は、あの一連の若い女性歌人により、短歌人口をかなり広めたと思っている。歌人というと、年を召した女性、というイメージをバーンと破ったのだから。

一つ世代下の男性たちが、「ライト・ヴァース」「ライト・ヴァース」と口に出すが、その以前に、私たちは女性だけで、短歌の波を生み出していたのだ。

ゆふぐれに櫛をひろへりゆふぐれの櫛はわたしにひろはれしのみ　『なよたけ拾遺』

永井の短歌は美しい。しかも口誦性が豊かでもある。いい歌は声を出して読むと気持ちがいい。まさに、その通りである。

あはれしづかな東洋の春ガリレオの望遠鏡にはなびらながれ　『ふしぎな楽器』

一九五一（昭和二六）年、愛知県瀬戸市生まれ。高校時代から古典に関心を持ち、さまざまの雑誌に投稿。当時は、詩、散文、短歌、俳句と、ジャンルを越えての投稿だった。その後、「短歌人」に入会。短歌に重きを置いて、より深く、古典に傾斜するようになる。直接にうかがったのではないが、「永井さんは独りなのよ」という話をきいた。「独り」というと、独身の意味が強いが、「独り暮らし」とすれば、若い身で、ずい分、寂しい生活ではなかっただろうか。

かなしみの天に繭ありかなしみがふかまるほどにひかる繭あり　『樟の木のうた』

好きな一首だが、「繭」を家族とたとえると、今、現実の私には、繭のような、柔かな家族はいない。それは天にしかいない。こうした理解しかできない。永井は、寂しい寂しい中で、一人、短歌を紡いでいたのだろうか。

永井さんが亡くなったと聞いたとき、私は納得するような気がした。スーッと消えていきそうな存在だったから。

五十歳を前に夭逝。自ら、〈べくべからべくべかりべしべきべけれすずかけ並木来る鼓笛隊〉と口ずさみながら、天に昇っていったのだろうか。

永井陽子　98

小野茂樹

あの夏の数かぎりなきそしてまたたつた一つの表情をせよ

たった一首で短歌史に残る、そんなうたがあるのだろうか。

ここに掲げた一首は、そんな稀な一首である。十代から短歌をはじめ、早稲田大学短歌会のリーダーとして注目されていた彼。

それが、三十三歳のときの交通事故で、亡くなり、死後、第二歌集も刊行されている。冒頭の一首は、第一歌集『羊雲離散』に収められたもの。二人の恋が絶頂になった頃のものだろう。お互いが見つめ合い、愛を確かめるように笑い合い、その表情を永遠にしたい。そんな思いが込められている。「数かぎりなき」「たつた一つ」は、やや異なる感もあるが、だからこそ、美しい愛の確証をつかもうとしている二人が見える。


わが肩に頬を埋めしひとあれば肩は木々濃き峠のごとし　『羊雲離散』

女性が男性の肩に頰を埋める。想像するだけでも美しいシーンだ。それを「木々濃き峠のごとし」と表現している。こんな幸せはあるのかと、心おどらせている作者がいる。

強ひて抱けばわが背を撲《う》ちて弾みたる拳をもてり燃え来る美し

これは男性と女性が代ったシーン。自ら男性が女性を抱こうとすると、男性の背を撲って、女性が抵抗する。その拳を男性が持ち、再び抱こうとする。私には、そんな風に見える。いずれにしても、若き日の恋人同士が、もつれるように見える。青春というのは、こんなに美しく、燃えあがるものだろう。

かの村や水きよらかに日ざし濃く疎開児童にむごき人々　『黄金記憶』

作者は、第二歌集に、学童疎開の記憶を詠んだ作品を収めている。東京生まれの彼にとって、疎開生活は、全てが初めてのものだったろう。ただし、「水きよらかに日ざし濃く」

と、疎開地の良さも表現している。どこに疎開したのだろう。

母は死をわれは異る死をおもひやさしき花の素描を仰ぐ

母の死とは、戦争の中の死。ひょっとすると戦地に行った夫の死。彼の思う死は、疎開地での死だろうか。いずれにしても、当時は、死と、となり同士の日々だったのだろう。だが、そんな中でも、「やさしき花の素描」を仰ぎ、心安らいでいる。母も彼も、美しいものへのあこがれを抱き続けている。こんな戦火の下にあっても……。

あの夏の数かぎりなきそしてまたたつた一つの表情をせよ　『羊雲離散』

私の大好きな一首。というより、恋歌の最もすぐれた作品の一つである。
「あの夏」は、すでに戦火がなくなっていた頃であろう。恋人同士は、からみつくように顔を見せ合い、数かぎりない、だが、その中の一つを求めている。「たつた一つの」だ。
自らを振り返ってみると、こんな経験はない。好きな人はあっても片おもい。この一首のようなシーンはなかった。そんな中から、結婚をしたのだから、うまくいかないのは当然だったろう。
うらやましく、そして美しい、こんな恋を残したかった。それは、できなかった。私の青春は……。そんな余裕のない時代でもあった。幸いにも、不幸にも……。

東京の空はあまねく晴れすみて夜ごとに襲ひくる銀の翼　『黄金記憶』

戦火の下での青春。私とは異なる苦悩の中での青春だったのだろう。

小高　賢

焼場よりもどり初七日おそるべき速度に死者は天にのぼりぬ

歌人というのには、どこか匂いがある。どんなというと難しいが、私は勝手にそう思っている。

だが、その匂いのしない人が二人いる。

篠弘と小高賢だ。どちらも、大きな出版社で、それなりの立場でいらっしゃるからだろうか。歌人というより、サラリーマンといった方が、ふさわしい気がする。つまり、歌人的匂いがなく、どこか、普通人の姿に近寄っているのだ。篠さんに初めてお会いしたときも、小高さんにお会いしたときも、同じ感じがした。

小高の短歌の出発は遅い。編集者として、馬場あき子と知り合い、そのまま、一九七八（昭和五三）年の「かりん」創刊に参加している。テーマは都会生活者としての日常をとらえたものが多い。

鷗外の口ひげにみる不機嫌な明治の家長はわれらにとおき　『家長』

小高の怒った顔を見たことがない。とてもとても鷗外には及ばない。明治の家長は、笑うだなんて、とんでもなく、いつも不機嫌な顔を見せていたのだろう。

落日の空に翔びゆく鳥のもつ自由にくらく芯はひそみつ　『怪鳥の尾』

一首からは、自由ではない作者が浮かんでくる。大会社の一員、もしくは、家族の中での不自由、だが、いつ見ても小高は自由を楽しんでいるかのようだった。

父われのかなしみに似て尾張屋のたぬきうどんに浮きいる鳴門　『液状化』

自ら、江戸っ子と言う作者は、こんな楽しい作もつくっている。関西人の私には「たぬきうどん」も、「鳴門」も珍しい。「きつねうどん」に「おあげ」だろう。うどんを食べている父子に何の苦労があるだろう。

雲払う風のコスモス街道に母の手をひく母はわが母　『本所両国』

珍しく美しい花のうただ。忙しい小高にもこんな時間があったのだろうか。先の「うどん」の作にも似て、家族大事の作者だったのだろう。彼は身の回りの人々の死と会いながら、知らず知らず、自らも死へと近付いていた。

ある朝、「小高さんが亡くなった」の電話に驚いた。「え、ウソでしょ」「本当よ」。退職後、小さなオフィスを持ち、そこで、一人で倒れていたのだそうだ。

夕日から長い腕《かいな》の伸びてきてわずかにのこる柿に触れたり　『液状化』

「夕日」が「死」を感じさせるが、私の勝手な想像だろうか。

ありふれた骨かもしれぬしかしわが見つめる骨はいもうとなりし

この一首に呼応するように、小高さんは逝った。早すぎると思うが、精一杯に生きたのだろう。

焼場よりもどり初七日おそるべき速度に死者は天にのぼりぬ　『本所両国』

これは作者の「死」ではないが、その暗示をしている。

「与謝野晶子全集、買いたいの」「もうないよ。会社に置く一集もないのだよ」「えッ」「まあ、大金をボロモウケでもして、買ってみるんだな、アッハハハ」。

あのときの明るい声を忘れられない。

竹山　広

まぶた閉ざしやりたる兄をかたはらに兄が残しし粥をすすりき

四年余り、広島に住んだことがある。ヒロシマというと体が緊張して、慰霊忌にも、なかなか行けなかった。だが、幾つかの短歌会を訪ねて、被爆者の歌人を求め探した。その中で『さんげ』という歌集を出した正田篠枝を知った。〈子と母か／繋ぐ手の指／離れざる／二ツの死骸／水槽より出ず〉といった作品が収められていたが、歌が全て五行書きになっていたのが気になった。

その頃、『日本の原爆文学』という本の広告を見、出版社に申し込んだ。即、送って下さったが（代金を払ったかどうか？）、その中にあったのが、竹山広さんの『とこしへの川』であった。

ああ、そうか。広島に住んでいるので、原爆忌は八月六日。その頭しかなかった。日本は、二度、被爆している。八月六日広島と八月九日長崎、二回あったのだ。私は、ずい分と後悔をした。
竹山広さんを知ったのはその時で、『とこしへの川』は抄出され、他の小説や詩と共に叢書に収録されていた。

くろぐろと水満ち水にうち合へる死者満ちてわがとこしへの川　『とこしへの川』

竹山さんの作品は静かで、的確な描写が迫ってくる。ああ、私はこの作者を知らなかった。広島にこだわりすぎていた。自分の不勉強をずい分、反省した。
竹山さんは一九二〇（大正九）年、長崎県生まれ。二十一歳で「心の花」に入会。四十年後に第一歌集『とこしへの川』を刊行。竹山さんが被爆したのは二十五歳。ゆえに「原爆歌人」と呼ばれるようになった。

おほいなる天幕のなか原爆忌前夜の椅子らしづまりかへる　『一脚の椅子』
二万発の核弾頭を積む星のゆふかがやきの中のかなかな　『千日千夜』

竹山さんは怒らない。肺結核で入院療養中に被爆と伺っているが、その当時を思い出せば、すさまじい状況が想像できる。だが、竹山さんは怒らない。

引用した作は、原爆忌前夜のしずけさの中で、多くの人が、八月九日を思い返す気配が見える。二首目は「星のゆふかがやき」に託して今の地球の危険を照らし出している。

竹山さんの作は、すさまじいテーマを描きながら、「詩」を感じるのが胸に残った。

あるとき、私の結社（未来）の大会で、「今、気になる歌人、目指す歌人」というテーマで、シンポジウムをした。五人のパネラーが五人の名を書く形式で。

私は、真っ先に「竹山広」と書いた。

ところが、私のカードを開いた人も、パネラーも「え、竹山広って誰？」「どこの結社の人？」。そんな声が多く聞こえてきた。

「竹山広さんを知らないなんて……」。私は悔しかったし、平和を掲げる結社としているメンバーは何を考えているのかと、胸がはり裂けそうだった。

人に語ることならねども混葬の火中にひらきゆきしてのひら　『とこしへの川』

さくらよりさくらに歩みつつおもふ悔恨ふかくひとは滅びむ　『千日千夜』

竹山さんを「原爆歌人」とは呼びたくない。私も、さるレッテルをつけられて（今まで）一生涯を苦しく生きてきた。だが、竹山さんの作品は、八月九日の長崎の被爆を、今のことのように蘇らせる。かつての悔恨がさくらに紛れて流れていく作品のようだ。

竹山さんは怒らない。すでに故人となってはいるが、彼の短歌は今後も、広島と長崎の惨禍を静かに伝え続けていくだろう。

上田三四二

ちる花はかずかぎりなしことごとく光をひきて谷にゆくかも

上田三四二、というと、この歌を思い出す。さくらの歌は数多くあるが、私にとっては、この一首がベストである。

「ちる花」とあるから、花の終わり、しかも山桜ではないかと、感じられる。花が咲ききって、光をひきながら、谷に散っていく。情景が、目に見えるようで、美しくも寂しい。さくらは、満開よりも散り際が好きというのは、私の「滅び」願望に通じるのだろうか。

上田三四二は、一九二三（大正一二）年、兵庫県小野市生まれ。初期は評論家として注目されたが、二十六歳頃から、短歌の実作をはじめる。評論、短歌、小説へと文学の幅を広くしながら進んでいく。

冒頭の「さくら」の歌は『湧井』（第三歌集）からのものである。作者は、医師であるが、自らも、何度も大病を抱え、それを越えていった経緯がある。青年期の結核、四十代の結腸癌、六十代での前立腺腫瘍など、病と闘い続けた人でもあった。『湧井』は、国立療養所の仕事をやめ、高野山に登り、まとめた歌集と、うかがった気がするが、「那智」から高野山へ向かい、ここでの歌集制作と考えられる。

「こける」といふ言葉をここの子はつかふ故郷《ふるさと》ちかき言葉はやさし　『遊行』

「こける」は、転ぶの意味だが、紀州出身の私にとっては、ごく普通の言葉。作者には、少し違和はありながら、楽しく聞こえたのかもしれない。

花うつしながるる水は世にあひし面わをうつし流れゆくなり　『遊行』
先の世ものちの世もなき身ひとつのとどまるときに花ありにけり

京都に戻っての作だが、自らの病を感じての作と考えられる。花に託しての自らの現実をうたったのだとすると、「死」というものを描きながらの花への傾斜である。
「上田さんの短歌が好き」と、さる男性の作者に告げると「男なのに女っぽい」と否定された。男性と女性の感受性の違いだろう。
『遊行』の中で、興味深い一連がある。「身体の領域」と題された十八首だ。

乳房はふたつ尖りてたらちねの性《さが》のつね哺《ふく》まれんことをうながす　『遊行』

かきあげてあまれる髪をまく腕《かひな》腋窩の闇をけぶらせながら

輪郭があいまいとなりあぶら身の溶けゆくものを女《をみな》とぞいふ

これは、医師でなければ、できない作だ。うら若い女性を検診しているときの一連のようで、今なら、セクハラと言われるかもしれない。
この一連を読んでから、私は、医師だって男性は男性、とやや警戒感がつのった。

死はそこに抗ひがたく立つゆゑに生きてゐる一日《ひと》一日《ひ》はいづみ　『湧井』

四十代前半で結腸癌が発見され、手術を受けることになったときの一首。自らも医師なら、病状をよくよくわかる立場でもあるのだろう。

「死」が立っているという表現は、死と対峙している自分を、かなり客観的に見ている。「生きてゐる一日一日はいづみ」。私は、このフレーズに医師であり、一人の人間である作者を感じる。

をんなの香こき看護婦とおもふとき病む身いだかれ移されてをり　『鎮守』

一九八九（平成元）年没。これは医師ではなく、一人の男性の心情だ。

小中英之

氷片にふるるがごとくめざめたり患《や》むこと神にえらばれたるや

存在感の薄い人だな。初めて、小中さんとお会いしたときの感想だ。初めての方に、そんな思いを抱くというのは、失礼だとは思っていたが、実際にそう感じたのだ。

歌人（まだ、三十代の頃）、十人くらいで東京に集まって、時折、勉強会をしていた。といっても、飲み会といった方が、ふさわしい会で、一時間くらいは、短歌論を投げ合い、あとは、何だかわからない短歌評を、それぞれが、口走っていた。

その会に、小中さんがいらしたのは初めてで、私の隣りに坐られ、そのとき、瞬間に、冒頭に書いたような印象を抱いたのだった。

氷片にふるるがごとくめざめたり患《や》むこと神にえらばれたるや

『わがからんどりえ』

気になっていた一首で諳じてはいたが、「恚《や》むこと」の意味がわからなかった。お隣りなのだから、伺ってもいいかと考えたが、やんわり、伺うような感じではなかった。

後々、小中さんは、病弱で、何度も死線を越えて来られた方だと知り、「恚《や》むこと」、つまり、「死」から選ばれたのだ、そうご自身で思っているのだと、私ながら考えた。

小中さんは京都府舞鶴市生まれ、高校時代に、詩人・安東次男と出会い、「たった一人の内弟子」と言われるまでになった。一九六一年に「短歌人」に入会。鋭い論評者としても知られているが、「詩」から「短歌」への変転の理由は、わからない。

螢田てふ駅に降りたち一分の間《かん》にみたざる虹とあひたり　『翼鏡』

「氷片」「螢田」、いずれも直接的に死と結びついてはいないが、暗示しているものをおもわせる。直接的ではないからこそ、読者に、ぎらぎらする「死」を迫らせるものがある。「螢田」は実際にある駅の名で、神奈川県小田原市正蓮寺に建つ小田急小田原線の駅である。作者は、たぶん実際、そこに行ったのだろう。そして、一分の間にも満たない虹と合った。その時のうた。

「駅」でもあるから、天へと昇る駅にも考えられる。しかも、「虹」。はかないものを抱え、はかなく生きる自分を重ねているのではないか。だが、彼には、左のようなものもある。


鶏ねむる村の東西南北にぼあーんぼあーんと桃の花見ゆ

彼のあこがれる桃源郷ではないか。

病を抱えながら、それをひれ伏させながら「死」へのための「生」。そんな言い方は失礼かもしれないが、「死」への「生」という万人の生き方を、「ぼあーん」「ぼあーん」と小中さんは、その網をくぐるがごとく、生きていったのである。

「死に至る生」、「死のための生」、どちらかというと、小中さんは、前者によっていた気がする。


ふり向けば白きらふそく買はれゆく残雪の夜へわれも消えたし

第一歌集『わがからんどりえ』には、右のような作がある。昭和四十六年から五十年の歌集にある一首。「残雪の夜へわれも消えたし」と、はっきりと「死」を目指している。

さくら花ちる夢なれば単独の鹿あらはれて花びらを食む

第二歌集『翼鏡』の一首。珍しく「さくら」をテーマとしている。だが、死に至る「生」を目指して生きながら彼にも、夢かもしれぬ美しいさくらを抱えてあったのだろう。単独の鹿はさくらを食みて、「死」へと突っ走っていくのである。

吉野秀雄

これやこの一期《いちご》のいのち炎立《ほむらだ》ちせよと迫りし吾妹《わぎも》よ吾妹《わぎも》

正確に言えば、この一首は挽歌ではない。死を目前にしての妻との触れ合いを作者がうたった作である。作者は吉野秀雄。妻は一つ年下のはつ子（本名は栗林はつ）。掲出歌の解釈は、さまざまあると考えられるが、私の思うところでは、前後の作と考え合わせると、死を前にした妻が、夫である作者に、「私の最期のいのち、このいのちを炎立ちして、私を抱いて下さい」。そう、懇願している作と見える。

吉野秀雄は、一九〇二（明治三五）年、七月三日、群馬県高崎市新町に生まれた。生家は織物問屋業、しばらく祖父母の下で過ごした後、十二歳で生家に戻り、そこで出会った国語教師が、アララギ派の長塚節と縁者だったことから、俳句や短歌をつくりはじめた。その後、福沢諭吉の『福翁自伝』に感銘を受け、慶應義塾大学に進むが、肺結核にかかり、二十一歳の年、退学を余儀なくされ、高崎へと帰っている。

肺と脊椎の結核を病み、死の床で短歌、俳句を残した正岡子規。学業半ばで療養生活を余儀なくされた秀雄にとって、子規は、まさに希望の星であった。

抜け落つる毛はみな小《ちさ》き根を持てりそのちさき根のちさき白《しら》たま　『天井凝視』

秀雄の最初の歌集『天井凝視』が刊行されたのは、一九二六（大正一五）年。秀雄、二十四歳の年であった。その年、秀雄は、学生時代から約束していた女性と結婚する。看護婦代りでもいいと嫁いできた一歳年下の女性、はつ子である。

一九三一（昭和六）年。秀雄二十九歳の初夏、夫婦は二人の子供と共に、度々、転地療養のため訪れていた鎌倉に永住を決め、鎌倉市小町に居を構えた。鎌倉の温暖な気候と明るい生活が効を奏したのだろうか。秀雄は父の仕事を手伝うまでに健康を取り戻し、四人の子供に恵まれるようになった。

ところが、運命とは皮肉なものである。秀雄の看護婦代りでいいと嫁いできたはつ子に、難病があることが判明した。秀雄にとっては、全く予想外のことであった。

亡骸《なきがら》にとりつきて叫ぶをさならよ母を死なしめて申訳もなし　『寒蟬集』

一九四四（昭和一九）年、はつ子逝去。胃の中の肉腫が両肩、右腕に転移したことによる死であった。

はつ子の入院から百日忌までに、秀雄は百数十首に及ぶ妻をよんだうたを残している。その中で、クライマックスともいうべき作が、冒頭の掲出作を含む「彼岸」一連である。

真命《まいのち》の極みに堪へてししむらを敢てゆだねしわぎも子あはれ　『寒蟬集』

「いのちの終りというそのときに、全存在をあえて私にゆだねようとした妻よ。ああ」。ここには世俗的なものは一切ない。最期にもう一度、抱いて下さいと懇願した妻。どこか、宗教的な一つの極致を感じる。

生きるとは、不思議なもの。はつ子の死の後、四人の子供のめんどうを見るために、吉野家を訪れたのは、登美子。クリスチャン詩人として知られた八木重吉のかつての妻。

空　　八木重吉

空よ
おまへのうつくしさを
すこし　くれないか
『八木重吉全集　第二巻』

このような詩を残した夫と二人の子供を亡くした登美子が、四人の子の母として秀雄のところに、登場したのである。

◎桔梗の章

富小路禎子

処女にて身に深く持つ浄き卵《らん》秋の日吾の心熱くす

いのち。

どこの果てから、一条の光のように、私のところに迄、続いてきた、いのち。

「お父さん、なぜ神様は、いつか死んでしまういのちをつくったの？　死なないいのちなら、つくってもいいけど……」

中学校高学年になった私は、そんなことばかり、口走っていた。

「この子は過敏。何とかしなくては……」

両親は私のためにピアノを買ったり、犬を飼ったりしてくれた。だが、今もって、この疑問は心の中にくすぶっている。

冒頭の一首では、いのちではなく「卵《らん》」と記されているが、私の心情と重なってならない。「浄き卵《らん》」だから、未婚の女性を示している。

富小路禎子。一九二六（大正一五）年、東京に生まれる。富小路家は元子爵。敗戦と共に華族制度は廃止された。

女にて生まざることも罪の如し秘《ひそ》かにものの種乾く季《とき》

第一歌集『未明のしらべ』には、こんな作品もある。自ら、嫁ぎ、いのちを産むことに心を置いていない。当時の社会背景が、影響しているのだろう。それにしても、若くして、結婚も、出産も諦めている作者。女性として生まれながら、子供を残さないのは、罪のようだと、自ら断念している。

富小路のこれらの作品に魅かれるのは、私には子供がいない。できなかったのだ。子供が好きで、保育士の資格まで取った私。つらいつらい不妊治療に長く通った私。でも、妊ることには至らなかった。今の時代では、たぶん、不妊治療も進歩し、違っただろうが、私の二、三十代の頃は、たいへんな苦痛を伴うもので、耐えきれなかった。

富小路は、空襲を避けて、松本に疎開し、そこで母を亡くす。その後、焦土の東京に戻り、間借り生活を始める。

働いた経験のない父。それに近い作者。一変した生活の中での父娘が想像される。

一九四六（昭和二一）年、彼女は植松壽樹の「沃野」に参加。まだ、学生だったときである。

自分を支えてきたものは「短歌、宗教、能」と、後に述べている富小路は、この三つに様式美を見出し、その美しさに支えられて生きてきたと語っている。


女にて生まざることも罪の如し……


このフレーズは、私にも直接的に強く襲いかぶさってくる。若い頃はもちろん、今の年代となっては、果てしないどこからか、私のところまで届いてくれた一条の光が、私で止まってしまう。何という哀しみ……。

それを思うと身震いがする。

しばらく前、都はるみさんから詞をつくってほしいと依頼されたことがある。プロデューサーは、私にかなり難しい要求をされたが、はるみさんは、一つだけと注文をされた。

取り落とし床に割れたる鶏卵を拭きつつなぜか湧く涙あり

道浦母都子「枯木灘　残照」（歌集『夕駅』収載）

えっ、と思った。「鶏卵」なんて、歌謡曲の詞に入れられない。そう言っても、はるみさんは、これは絶対入れてね、と何度もくり返した。

はるみさんと私は同期。どちらも子供はいない。彼女は割れた鶏卵にいのちを見たのだろう。

いのち。

果てしないどこからか、私に迄届くには、どんな旅をしてきたのだろう。だが、その一条の光のようないのちが、私で止まるだなんて、考える度に哀しい。富小路の「浄き卵《らん》」に通じる痛切な悲しみを感じる。

葛原妙子

他界より眺めてあらばしづかなる的となるべきゆふぐれの水

不思議な頭髪を見た。学士会館の石のポールにもたれて、髪は、まさにソフトクリームのよう。着ている服は、高級なレース。髪とレースはきらきらと輝いていた。「あの方が葛原妙子さんよ」。友人が教えてくれて初めて知った。

疾風はうたごゑを攫ふきれぎれに　さんた、ま、りぁ、りぁ、りぁ　『朱靈』

讃美歌のような一首。これが短歌なのかと思いながら、何度も読んだ。しかし、意味はわからなかった。何を言いたいのか。

わがうたにわれの紋章のいまだあらずたそがれのごとくかなしみきたる　『橙黄』

葛原はクリスチャンでないのに生まれて間もない赤子を受洗させたのに違和を持っていた。前掲の一首も、そういえば「さんた、ま、りぁ、りぁ、りぁ」は、叫びのように聞こえる。

飲食《おんじき》ののちに立つなる空壜のしばしばは遠き泪の如し　『葡萄木立』

さる若い作家が、彼女の甥だというので、彼女の短歌についてきいたことがあるが「ワカラン」の一語で、それ以上、言葉はなかった。

当時、齋藤史と葛原妙子は優れた作品をつくっていたが、どちらかというと、私は齋藤史が好きであった。彼女は作品のわかりやすさはもちろん、三回お会いしたときの穏やかさ。あの混沌の時代を生きた陰を微塵も出すことはなかった。

前掲の一首などは、私には、いまだわからない。だが、あの「さんた、ま、りぁ、りぁ、りぁ」は耳に迫ってくる。なぜなのだろうか。

冒頭の一首は、好きな作品で、齋藤史の、

死の側《がは》より照明《てら》せばことにかがやきてひたくれなゐの生《せい》ならずやも

齋藤　史『ひたくれなゐ』

とよく比べられていたが、二首の違いは何なのだろうか。一つの生として、この地上に生まれて、人は生きていく。その途上で、人として変化していくのだろう。葛原は宗教的、齋藤は社会的といえるだろうか。

葛原は、遠くから拝見しただけで、ソフトクリームのような頭髪が長く記憶に残った。

奔馬ひとつ冬のかすみの奥に消ゆわれのみが纍々と子をもてりけり

『橙黄』

しあわせなのか、否か。奔馬のように、私も自由になりたい。その願望のあらわれだろうか。

天體は新墓《にひはか》のごと輝くを星とし言へり月とし言へり

『鷹の井戸』

好きな一首だ。天体を星とも月とも呼ぶ。この自由は、歌人のものだ。とくに葛原のものと言える。

一九〇七（明治四〇）年、東京生まれ。え、江戸っ子なのかと思うほど、歌の言葉は洗練されている。長女のカトリック入信をきっかけに、自分もキリスト教文化に接近。

白骨はめがねをかけてゐしといふさびしき澤に雪解けしかば　『葡萄木立』

死後の自分をうたっているのだろうか。無気味なほど、人間離れをしている。

安永蕗子

紫の葡萄を搬ぶ舟にして夜を風説のごとく発ちゆく

安永さんというと「水」の香りがする。熊本在住の方で、書道と短歌で生きてこられた方だからだろうか。

落ちてゆく陽のしづかなるくれなゐを女《をみな》と思ひ男《をのこ》とも思ふ　『讃歌』

この一首も、背景に海がある。「水」というより大らかな海だ。背後に阿蘇があるので山と思いがちだが、前面には有明海、その向こうには東シナ海がある。かつて五島列島を訪ねた私は、すぐ前に東シナ海が広がっているのに驚いた。光の雲の下に広がる海、それが東シナ海。ああ、遠い海なのに……。

巻頭の一首は、阿蘇で収穫された葡萄だろうか。この葡萄を舟にのせて運んでいく。

「風説のごとく」の喩がいい。昔から伝えられた「風説」。それが今も続いている。紫色の葡萄を海に流す。いろのコントラストも美しい。古典と父上から授かった漢籍の教養が、背後でうたを支えている。

夕陽を「女《をみな》」とも「男《をのこ》」とも私は思ったことはない。女性は「男」、男性は「女」、そう思うのではないか。一種の相聞と思える。

安永さんの作品には、相聞と思える作品はほとんどない。若い頃の結核との闘病から、早くにそうした思いを断っていたのだろうか。

冬空に熟れたる柚子を数へゆく声淀みなき楽《がく》のごとしも　『褐色界』

集団で柚子を採っている光景。そろって数を数えて淀みなく、柚子の光と数える声が、交差して音楽のように。なごやかな光景だ。

全体として、目に見える景色を描く作品が多いが、スケールが大きい。

湖岸の家はたと翳れり秋空を黒大天使ファントムが飛ぶ　『青湖』

「ファントム」といえば、当時の兵器だが、このようにやわらかく表現する。黒天使なるファントム。秋空の中に、ゆったりと舞っているかのようだ。

私は安永さんの、さまざまの表情を見た。普通の人には見られない表情だ。

中年以降、安永さんは、文筆家の妹である永畑道子（『華の乱』で知られる）を、江津湖の近くに家を建て、待っていた。だが、永畑さんは、先に亡くなってしまった。どんなにか、つらかったことだろうか。

「無い」

「無い」

「無い」

そんな思いを抱きながら、私が探したのは、安永さんの相聞だ。当時の女性としては体格がよく、自ら書いた書体を流した着物姿の安永さんを、「こんな美しい歌人は初めて見た」と福島泰樹に言わせたぐらいだ。


藍はわが想ひの潮《うしほ》さしのぼる月中の藍とふべくもなし　『藍月』

愛恋の言葉断ち来て久しきに心揺らるる眉月のぼる　『魚愁』

相聞と思える作だが、どちらも、自らの胸中で、その思いを断ち切ってのものと思われる。一人で生きるのを意志として表明している。

晩年の安永さんは、足を痛め年下の秘書を従え、つねに彼と一緒だった。二十歳ぐらい若い男性だが、私は、年一回、平安神宮で行われる催事のあと、伊丹空港まで行かれるお二人とご一緒させていただいた。秘書は勤勉な方で、言葉もあまり発しなかったが、「彼はデパートに行って、私の洋服を選んでまでくれるのよ」。そのときの安永さん。幸せの時間に浸っていたのだろう。

稲葉京子

抱かれてこの世の初めに見たる白　花極まりし桜なりしか

稲葉さんとの出会いは、冒頭の一首だった。桜の花のうたを探っていて、この一首に会ったときは、はっとした。出生のときだろうか、この世の初めて見た「白」は桜だった。しかも、「花極まりし」だから、満開の桜だったのだろう。命の始まりである出生、そのときに目にした「白」は、極まって、やがて散りゆく桜。命の始まりと花の命の終わり、この二つが、見事に一首の中で、相極まっている。この作者は？と辿っていくと、稲葉京子という作者に行き着いた。お名前は存じていたが、ていねいに読もうとする作者ではなかった。

それからである。稲葉京子という歌人を意識するようになったのは。

生きかはり生きかはりても科ありや永遠《とは》に雉鳩の声にて鳴けり　『槐の傘』

出生と花の命の終わりを際立たせた作者はこんな作をもつくっている。自らを科ある者として、生きかわっても生きかわっても、自分とは……。自らを責め、「雉鳩の声」で鳴く。悲しい声で鳴き続けている。そう、うたっている。

稲葉京子、一九三三（昭和八）年、愛知県生まれ。幼少から体が弱く、童話を書くことから、短歌に転じた。大野誠夫に師事し、「短歌」に所属。

かざし来し傘を畳みて今われはここより花の領界に入る　『桜花の領』
年毎に見て来しものを今年の花に逢はむ逢はむとこころは急ぐ　『沙羅の宿から』

この作者の桜の花のうたをひいてみた。いずれも、作者が花と一体になったかのような作だ。

桜のうたは難しい。古代から現在迄、多くの作者にうたわれているのだから、独自性を出すのが難しい。それなのに……。

かくれんぼいつの日も鬼にされてゐる母はせつなきとことはの鬼　『柊の門』

これは、作者をうたっているのだろうか。作者の母とは受け取れない。

長き長き手紙を書かむと思ひしにありがたうと書けば言ひ尽くしたり　『紅梅坂』
かつてその熱を計りし母の手は若き憂愁をはかることなし　『桜花の領』

二首目の「母の手」も作者ではないだろうか。この作者は、ごく普通の生活の中から、こまやかな作品を汲み出している。しかも、かつて、童話を書いていたということからか、どの作品も、物語性が高い。一首で、ひとつの物語を紡いでいる感がある。

来し人はみなこの坂を帰りゆくきのふ落葉坂今日時雨坂　『しろがねの笙』
相寄りて紅梅坂をくだりゐつ失ひしものは歳月と死者　『紅梅坂』

一首目の四句以降には、はっとさせられる表現の巧みさがある。二首目も、坂のうただが、「紅梅坂」とは前者の「落葉坂」「時雨坂」と共に、作者が称したものだと思っていた。しかし、実際にあるという。

ごくごく普通の女性として生き、その中から、こうした作品を汲みあげた作者に敬意を表したい。ここでの「人」は誰なのだろうか。少しわくわくさせられる要素のありそうな一首。

立ち上がりわれにますぐに来しことをひと生《よ》をかけて忘れずあらん　『宴』

「立ち上がり」の初句に、一生かけての思いが込められたような作だ。

藤井常世

わが生《しやう》に見尽ししものあらざるに朱鷺《とき》の滅びにいま遇はむとす

藤井常世《とこよ》。この「常世」の名は折口信夫から授けられたという。父・貞文は折口信夫門下の国史学者。弟二人のうち、上の弟、貞和は詩人として知られる。冒頭の一首では、自らの一生のうちに見尽くすものはないのだが、朱鷺の滅びに、いま、私は遇おうとしている。朱鷺の学名は「ニッポニア・ニッポン」、作者は、この名のように、日本的なるものを愛する存在といってもよい。

雪はくらき空よりひたすらおりてきてつひに言へざりし唇に触る

『草のたてがみ』

朱鷺ではないが、自らの思いを断とうとしている作者が見える。日本舞踊を愛し、日本的なるものを追求していた作者が求めたものは……。

雪折れの木は立ちつくし風折れの心をさらしわが立ちつくす　『画布』

「風折れの心」。作者が求めていたのは何だったのだろうか。
藤井常世は一九四〇（昭和一五）年、東京生まれ。幼少時、母の実家のある奈良に疎開。その当時の日本的なるものが、作者に大きく影響したとも考えられる。

飛火野のつゆけき朝　紅葉を映してしづむ　鹿の目の沼　『繭の歳月』

飛火野、鹿の目、かつて疎開し、そこで見、経験した何かが、この作者をやわらかに包み込んでいる。文語の調べを重んじ、そこから、「今」を汲み出そうとする作者の試みが感じとられる。

歌詠みて身は瘦せゆくとゆめ思ふな　野に咲く吾亦紅　吾亦紅　『繭の歳月』

きりはたりきりはたりちやう、と呟けば夢よりも濃く歌織られゆく　『夜半楽』

「歌詠み」「歌織られ」、この作者にとって、歌を詠むとは、生きていくことそのものだったのでは？　韻律と作者自体の身体が一体化したとも思える。

そんな作者だが、かつて何かの折に話をしていると、「私は階下、夫は階上、一緒に暮らしているけれど、全くの他人」、そんなことをおっしゃった。藤井さんの振るまいや外見からは、全く感じられないことだったのだが、あの言葉は、どこまで本当だったのだろう。

この道に逢ひて別るる山萩の花のをはりのしづかなる紅　『九十九夜』

この作者には、秘めた思いがあったのではないだろうか。これ程、深く自らを日本的なるものに沈めた自分、ビシッとした自分を持っていての言葉だったのだろうか。

春潮をはるかに思へばおほははもははもむすめもとはにをとめ子　『九十九夜』

ふるさとの山にかへりていま父は花咲爺となりたまひしか　『文月』

祖母、母への思いを「春潮」に托し、「とはにをとめ子」は、自らをも含めての表現。又、亡き父への思いは、ふるさとの山で「花咲爺」となっていると、なんともいえない優しさの上に立つ一首だ。

この春の紅梅の紅《こう》ふかきことかかる予祝をいま歌ふべし　『九十九夜』

日本的なるものを愛し、その調べを守りつつ、短歌をつくり続けた作者にとって、今の短歌の揺動期は、どのように映っているのだろう。存命していらしたら伺ってみたい気がする。

篠　弘

ラルースのことばを愛す〝わたくしはあらゆる風に載りて種蒔く〟

篠弘さんの最後の声は明るかった。私が、お尋ねしたことに、ちょうど手紙をかこうと思ってたところだった、と弾んだような電話の声で、その数ヶ月後に亡くなるとは、思ってもいなかった。

篠さんには、ずい分とお世話になった。歌人としても、個人的にも。

私がお尋ねしたのは、「基礎的な知識がない」と、お会いする度に篠さんがおっしゃるので、具体的に教えてほしいというお願いだった。「道浦さんを最初に取りあげたのは、自分なのだから」と言いながら、苦言もずい分洩らしていらした。篠さんのおっしゃる通り、私には短歌、和歌の基礎知識がない。大学での専攻は、「演劇」。シナリオライターになりたかったのだ。しかも、黒テントや赤テントの盛んなときで、心は、そちらに向いていた。それ以前に、大学がシャットアウトで、授業は、殆ど無かった。つまり、何の知識もなく、「短歌」の海に飛び込んだのである。
歌人になろうとか、短歌を続けようとは思ってはいなかった。一九六〇年代の自分をかえりみながら、十年かけて、ノートに短歌をかき綴った。あれは、自分のほんの個人的な反省ノートのようなものだった。『無援の抒情』は、こっそりと自分独りのために刊行した。新しい自分に進むための、区切りのようなものであった。それが……。

まどかなる夕虹たちて聖橋《ひじりばし》渡るくるまはみな虹をもつ　『濃密な都市』

聖橋に少し近い、小さな小さな出版社から『無援の抒情』は出版された。一九八〇年末の日である。「雁書館」、亡くなった冨士田元彦さんの出版社であった。比して、篠さんは、その近くの大出版社で、激務をこなしながら、短歌史の研究を進めていた。
篠さんというと、歌人というより、『近代短歌論争史』の二巻と『現代短歌史』の三巻、その仕事が思い出される。篠さんは評論家、そういうイメージが強かった。

知る顔のひとりとてなきロビーより留守番電話の妻の声きく　『至福の旅びと』

簡潔につたふる若き通訳のことばは何を省きたりしか

良き家庭人であり、優しい上司であったろう篠さんが偲ばれる。先の五冊を完結されるため、資料集めに自費で日本中を探しまわったと伺っている。だから、歌人という篠さんに、あまり目を光らせることのなかった自分が悔まれる。

君ありていまのわれあり敬語もてけふは退社を告げきたる人　『濃密な都市』

篠さんらしい、他者への視線だ。

ペースメーカ埋《うづ》めしわれが大歳にポインセチアの水遣りてゐる　『軟着陸《ソフトランディング》』
きみどりの球《たま》をコートに投げ返し若きらにわが紛れゆかむか

「ペースメーカ」を埋めていたのか、篠さんは。知らなかった。そんな中でも、テニスを楽しんでいたのだろうか。

まさしくも世紀は移るしぐれきて神保町街に片虹の立つ　『軟着陸《ソフトランディング》』

篠さんと神保町は、切っても切れない関係だ。そこに「虹」が登場している。本と人間、短歌と人間を結ぶものとして「虹」を思い描いていらしたのだろうか。

今となっては、悔しいのだが、電話などせず、お便りをお待ちしていたのがよかったのに……。残念で仕方がない。おっしゃることは、だいたい、解っていた。「虹」のような言葉だったろう。

◎石蕗の章

前川佐美雄

春がすみいよよ濃くなる眞晝間のなにも見えねば大和と思へ

前川さんには、恩義を感じている。

私の短歌が初めて活字になったのは、一九六九（昭和四四）年、安田講堂をうたった〈炎あげ地に舞い落ちる赤旗にわが青春の落日を見る〉だと、多くの人が思っているが、そうではない。高校時代、新聞に投稿して、二首が二首共、活字になっている。初めてのデイトをうたった〈何も言わず見つめるのみの我が愛を君知らずして今日も過ぎゆく〉、受験当日をうたった〈祈り込め細く鋭く削りゆく鉛筆よ今日はお前の日なり〉、この二首が、高校時代に朝日歌壇に掲載されているのである。

選者は前川佐美雄。当時は、大阪版の選者は近藤芳美と前川佐美雄。近藤芳美は名前から女性だと思っていた私は、前川さんを選んで投稿した。生まれて初めてつくった、この二首を。その後、東京と大阪の歌壇は統合され、共通選となり、前川さんも関東へと移り住んでいった。

前川佐美雄、一九〇三（明治三六）年、奈良県忍海《おしみ》村（現葛城市）生まれ。一九二一（大正一〇）年、「心の花」入会。昭和初期の自由律、口語短歌などの新興短歌運動の旗手の一人とされたが、奈良に帰郷、定型に戻り、美しい歌を多く残した。

胸のうちいちど空《から》にしてあの青き水仙の葉をつめこみてみたし　『植物祭』

水仙の葉を空にした胸にとは、何とも言えない繊細な感覚を感じる。口語と文語の混合体ではあるが、音読してみると、あまり気にはならない。一首全体のイメージが迫ってくるから。

うまれた日は野も山もふかい霞にて母のすがたが見られなかつた　『白鳳』

この一首にも、同じことが言える。「なかつた」と第五句は口語だが、不自然ではない。開戦後、佐美雄は、戦争が国を懸けたものであるととらえ、戦争詠とも言える作品を発表。戦中、戦後の厳しい批判の的とされた。

物言はぬわが日となりてしらじらと秋の河原《かはら》の石にまじれる　『積日』

当時の作だろうか。佐美雄の屈折した思いが、石に托され、表現されている。

切り炭の切りぐちきよく美しく火となりし時に恍惚とせり　『捜神』

運命はかくの如きか夕ぐれをなほ歩む馬の暗き尻を見て

敗戦から時間を経ると、佐美雄は、かつての「美」を取り戻し、シュールでモダンな作風を確立するようになる。小さな視点からすくいあげた対象を大きな世界へと広げ、「美」を見出す。佐美雄の元から、塚本邦雄、前登志夫、山中智恵子らが巣立っていったのがよくわかる。

夕焼のにじむ白壁に声絶えてほろびうせたるものの爪あと　『捜神』

戦中戦後の歌集で、厳しい批判の的となった佐美雄は、右の一首を含む「鬼百首」を発表し、復活したとされるが、この流れには、元来、佐美雄のモチーフである、「ほろびうせたるもの」への深い憧憬が滲み出ている。

水ひろき夢見なりしが覚めぎはに渚《なぎさ》づたひに馬を走らす　『白木黒木』
正月の二日の午後を遠出《とほで》して古国飛鳥の石の上にをる

二首共、美しい。具体的なものを提示しながら、一首全体が夢のごとし。言ってみれば、佐美雄の差し出す作品は、夢のごとしの「美」。読者を魅了する「美」だ。

齋藤　史

額《ぬか》の眞中に彈丸《たま》を受けたるおもかげの起居《たちゐ》に憑きて夏のおどろや

軍服を脱がされ、白衣に着替え、頭から腰近くまで垂れた白い覆面をかぶせられた青年が、処刑場へと向かっていく。そして、その次が、掲出歌の場面へと変る。

これは、作者の想像から生まれた一首であるが、一人の看守が、当日の動静を詳細に書きとめたメモをもとにつくられただろう作だから、ほぼ、現実の光景とかさなるはずだ。その日は一九三六（昭和一一）年、七月十二日。反乱軍とされた約一五〇〇名のうち、将校十三名と民間人二名の銃殺刑が執行された。将校十三名と民間人二名を三回に分け、五名ずつ、時間は七時、七時五十四分、八時三十分。

その朝は、まだ夜の明けない監房から「君が代」の声が起こっていたという。

二・二六事件とは、一九三六年二月二十六日、国家改造を要求する蹶起部隊、約一五〇〇名が、東京において重臣閣僚を襲撃し、三重臣が死亡したクーデターである。こうした行動の裏には、作物の不作による民の窮乏があり、東北地方では、娘を売るといった事象が起こっていた。

その日は雪。齋藤史の父、瀏は、軍上層部へ、との電話を受け、首相官邸へと出かけていった。瀏は軍人。

齋藤史は一九〇九（明治四二）年、東京市四谷区（現東京都新宿区）に生まれる。父の職業柄、旭川市、津市、小倉市（現北九州市）と転々とし、その後、旭川市に再び住む。

代々木の刑務所で処刑された将校十三名の中には、旭川時代の校友、栗原安秀、坂井直の二人が含まれていた。


動亂の春のさかりに見し花ほどすさまじきものは無かりしごとし　『魚歌』

二・二六事件のあった年、史は妊っていて、五月に長女章子を産んでいる。妊った身で将校たちの話を聞く史には、さくらの美しさより、さくらのすさまじさ、世の困難が身にしみたであろう。

二・二六というと雪の深い日が思い出されるのだが、雪の中を首相官邸に向かった瀏も連座とされた。

二月二十六日に事件、三月四日に東京陸軍軍法会議が開かれ、上告なし、非公開、弁護人なし。受理人員一四八三人。その結果七月五日判決。十二日の代々木の刑務所での銃殺。何か、急かされるかのような経過だ。

瀏は軍人ではあるが、佐佐木信綱門下の歌人で、歌人少将と呼ばれることもあった。故に、北原白秋をはじめ様々の歌人が瀏のところを訪ねていて、史は、若山牧水から、短歌をつくるよう勧められたという。


遠い春湖《うみ》に沈みしみづからに祭の笛を吹いて逢ひにゆく

美しい歌だ。だが、深い悲しみを抱いている歌でもある。自らを湖に沈めたとは、自らを殺めたという意味ではないか。

青年将校たちと交流のあった瀏にも反乱者を利すとの禁錮五年。元々、軍人としては不遇で、日中間で起こった済南事件の責をとらされ、現役から予備役とされていたのである。二・二六事件の処分も、反乱幇助をもって位階勲功を剝奪されるという厳しいものであった。

娘として、父を見つめる史は、二・二六事件で、友人を亡くし、父を禁錮刑とした軍部を、どのような目で見ていたのだろうか。

一度、私は湖に沈み、後の世を強く美しく生きていく。そんな覚悟が見える一首だ。「あなたはあなたの風に吹かれ、私は私の風に吹かれ、ここまで生きたの。生きるとは、そういうこと」。三度目に史さんをお訪ねしたときには、すでにベッドの上の方となっていらしたが、境涯も立場も違う私を、そんな優しい言葉で励まして下さった。その細い声は、そーっと湖からあらわれ、祭の笛を吹いているような、美しい声であった。

佐藤佐太郎

秋分の日の電車にて床《ゆか》にさす光もともに運ばれて行く

心が和んだ。ああ、短歌はこんなに静かに細かい情景を丁寧にうたっていいのか。多く学ぶところがあった。作歌に迷ったら、佐藤佐太郎を読みなさい。そう言って下さったのは、誰だったのだろう。「未来」の先輩だったような気がする。そのとき確か『帰潮』という歌集を読んだ。

苦しみて生きつつをれば枇杷の花終りて冬の後半となる　『帰潮』

大きなことは言っていない。激しい言葉や目立つ表現はないが、読む者の心の奥に届いてくる。これは何なのだろう。

私は考えた。それまでの私は、自分の心の激しさや思いの丈を三十一文字にぶつけるのが短歌だと思っていた。それは違ったのだ。佐藤佐太郎の作品は、その事を私に思い知らせてくれた。

戦《たたかひ》はそこにあるかとおもふまで悲し曇のはての夕焼　『帰潮』

戦争をうたっても、このように静かだ。怒りや憤怒を抑制しての作品でも作意は十分、伝わってくる。これは何故なのだろう。つまり、直接的な心情を表現しないで、対象あるいはテーマを自分の中に取り込み、練りに練って言語化していると考えられる。

貧しさに耐へつつ生きて或る時はこころいたいたし夜《よる》の白雲《しらくも》　『帰潮』
秋彼岸《あきひがん》すぎて今日ふるさむき雨直《すぐ》なる雨は芝生《しばふ》に沈む　『地表』

「貧しさ」は、短歌の大テーマのひとつだが、佐太郎の手になると、その仰々しさが無くなる。もちろん、「こころいたいたし」は直接的表現だが、結句の「夜の白雲」で、ふんわりと受け取められ、「貧しさ」の重さが軽くなった気がする。「秋彼岸」は、季節の移ろいがテーマだが、「雨」を二回使い、「直なる雨」が「芝生に沈む」で、大テーマから、結句へと表現が変化していくのが見事だ。

佐藤佐太郎、一九〇九（明治四二）年、宮城県柴田郡生まれ。「アララギ」に入会して、斎藤茂吉に師事する。一九四五年、若い歌人たちと勉強誌「歩道」を創刊。歌誌は今日まで至る。一時、岩波書店に入社するが、東京空襲のため、家財を失い、岩波書店を退社。

ヴェネチアのゆふかたまけて寒き水黒革《くろかは》の坐席ある舟に乗る　『冬木』
冬山の青岸渡寺《せいがんとじ》の庭にいでて風にかたむく那智の滝みゆ　『形影』

欧州旅行を含めて、旅のうたが多くなる。だが佐太郎は決して健康ではなく、歩行に困難をもたらす結果となる。住居近くをリハビリとして日々散策、老いと病を見据えての抒情を切り開こうとした。

たとふればめぐる轆轤《ろくろ》をふむごとく目覚めて夢のつづきを思ふ　『開冬』
生死夢《せいしむ》の境は何か寺庭にかがやく梅のなか歩みゆく　『天眼』

「轆轤」、「生死夢」、それまでの佐太郎の作にはなかった目立つ言葉だ。死が近づいてきている自分を投影しての表現だろう。「生死夢」は、生きていながら、死を感じているとの思いだろうか。

『星宿』

梨の実の二十世紀といふあはれわが余生さへそのうちにあり
悪《あく》のなきわが生《せい》ながら天象《てんしょう》に支配されをり日々肉体は

「二十世紀」と名付けられた梨に托しての自らの生、何も悪いことをしない自らだったが、肉体の貧しさに苦しんだ。佐太郎の本音であっただろう。

森岡貞香

拒みがたきわが少年の愛のしぐさ頤に手觸り來その父のごと

『森岡貞香全歌集』の解題は小池光が書いている（解説は花山多佳子）。

「森岡貞香のうたはいい」と話してくれたのは、小池光だったと記憶している。

森岡さんの作品は拝見していたが、私には入りがたいような気がしていて、その言葉に押されるように読み返してみた。


生ける蛾をこめて捨てたる紙つぶて花の形に朝ひらきをり　『白蛾』

第一歌集『白蛾』には、こんな作品がある。作者が捕えようとした「蛾」なのだろう。まだ、紙つぶての中に生きているいのち。それを包まんばかりに開く花のような紙つぶて。「人間」って何？「いのち」「人間」を凝視している作者が存在している。掲出歌も同じ

『白蛾』中の作品だが、触れがたい人間の所作の中から、人間の生の形を汲み出しているかのような一首だ。
森岡貞香。一九一六（大正五）年、島根県生まれ、私の母より一歳上。この年代の女性の思いは少し解る。

流彈のごとくしわれが生きゆくに撃ちあたる人間を考へてゐる

戦争の影が濃い。出征して無事に帰ってきた夫。その夫が急逝。息子と二人の生活となる。そんな中から生まれた一首だ。「人間を考へてゐる」には、この作品に特徴的な自らを突っ放したような視線が見える。女性的とは、程遠い覚めた視線だ。
それを物語るように森岡の歌集のタイトルは、「白蛾」、「未知」、「甃」、「珊瑚數珠」……と、ほとんどが漢字で、素っ気ない。女性には珍しいともいえる乾いた感性だ。

生生《いきいき》となりしわが聲か將棋さして少年のお前に追ひつめられながら　『未知』

危ういような少年との生活。息子といえど相手は異性。何とも言えない揺れをもたらす、森岡の作品は、女性性を感じさせない魅力。そういういい方は、的確なのか、わからない。ただ、私は真似をしたり、お手本にしたりはしなかった。表現方法では私の反対側にいる作者だから。

ふりみだれ雪のふるなり幽明に乳房のかなしみ宿るがごとく　『珊瑚數珠』

「乳房」という言葉をつかっている。当時としては、大胆な表現といえる。

森岡さんは、作品は女性を突き放したようだが、人柄はやわらかだった。現代歌人協会の会に出席して、後ろの方にいる私を、そっと近藤芳美先生の近くに背を抱えて連れていって下さり、細やかな配慮が嬉しい方であった。

しかも頼れる女性の一人。

一九四九（昭和二四）年。「女人短歌」創刊に参加。のち発行人となり、終刊までその責を担った。

森岡さんの方向には近付かなかったが、作品は常に拝見していた。「乾いた感性だな」

と思い続けながら。

亡き數に入りにし人等の元氣のこゑ必ず短期決戰といふ　『夏至』

何と、はっきりというこの一首、今の高齢化社会を見据えてのものか。客観的で簡潔そのもの。

今夜とて神田川渡りて橋の下は流れてをると氣付きて過ぎぬ　『百乳文』

「神田川」がリアリティをもたらす作だ。息子を抱えて、戦後の混乱の中をしゃんと背筋を伸ばし、遠ざかりゆく作者の姿が見えるような。

眩しいまでの神田川の流れだ。

前　登志夫

かなしみは明るさゆゑにきたりけり一本の樹の翳らひにけり

「山人《やまびと》」。「吉野の仙人」。

自ら、そう呼んでもいる前登志夫。だが、彼は異なった顔を持つ。「前さんが行った後だと何してもいい」、さる男性歌人に、そう言わせたワル。関西在住の女性歌人、詩人、俳人は、たいてい前さんからの手紙を持っている。巻紙に墨でしたためた手紙……。「何月何日、どこどこでお待ちします」。これは罠。絶対行ってはいけない。危険……。

百合峠越え來しまひるどの地圖もその空間をいまだに知らず　『鳥總立』

彼の作品は美しい。「百合峠」と始まるこの一首など、初句からハッとするものがある。「百合峠」は、造語かもしれないが、こんな一首を生む彼が、作品とは全く違う顔を持つ。

たまたま、当時、彼が勤めていた大学と我が家が近く、「前さん退治」には苦労した。吉野の家には帰らず、近くのホテルに常駐していたから。

山人《やまびと》とわが名呼ばれむ萬綠のひかりの瀧にながく漂ふ　『流轉』

「ひかりの瀧」が際立つ一首。山人の作者が、本当に滝に近付いているかのようだ。だが、吉野に戻ると、このうたのように山人となるのだろうか。それは解らない。

前登志夫、一九二六（大正一五）年、奈良県生まれ。詩作から短歌に変わる。きっかけは、前川佐美雄を知ったからだという。吉野をうたうには、詩より短歌だと思ったのだろうか。個人的に私は、吉野には、詩より短歌がふさわしいと思える。また、そう聞くと、前川の作品に似ているとも感じる。

だが、前川の対象は奈良。前は吉野。その違いが、短歌にも出ている。前の作には、吉野の自然を自分のものとした、前独特の世界が開かれている。山深い吉野には、ほんの入口にしか行ったことのない私には、吉野の自然と一体化したような前の、さくら咲くその花影の水に研ぐ夢やはらかし朝の斧は　『靈異記』

こんな作に会うと、なるほどと、感心せずにはいられない。自然との共生、それを言葉にすると、このような作品が生まれる。しかも、どの作品にも、一語か二語、印象深い言葉が編み込まれている。右の作では「花影」、「夢やはらかし」といった表現。巧みだなと思うが、技巧的なものを感じさせない。吉野と一体化した彼ならではの表現だろう。

夕闇にまぎれて村に近づけば盗賊のごとくわれは華やぐ　『子午線の繭』

ここでは、「盗賊」「華やぐ」が、表現の要となっている。「盗賊」イコール悪者という普通人の感覚を裏切ることによって、なるほどと思わせ、前の世界に引き込んでいく。なかなかの手法だ。まさか、下界では、こんな作を生むことは出来ないだろうから、山人となった彼ならではの作品と言えよう。

かなしみは明るさゆゑにきたりけり一本の樹の翳らひにけり

ここでもそうだ。「かなしみ」と「明るさ」は対立するように感じられるが、三句迄の表現に魅かれる人も多いだろう。「山人」と「下界の人」。それが一体化したのが前登志夫。

ほのかなる山姥となりしわが妻と秋咲く花のたねを蒔くなり　『流轉』

妻をうたった作。山人にも、平凡な家庭があり、共に老いていくことに自然に向かっていく感じのあるうた。確か、真っ白な紀州犬を飼っていたのを記憶している。

山中智恵子

行きて負ふかなしみぞここ鳥髪《とりかみ》に雪降るさらば明日も降りなむ

「現代の巫女」と称された山中智恵子。「斎宮の末裔」とも言われた人。「斎宮」とは伊勢神宮に仕えた女性。天皇の名代として天皇の即位ごとに未婚の女王、または皇女が選ばれた。私は、それをずっと信じていた。

だが、違った。巫女でも斎宮でもなく、ごく普通の女性で、名古屋で生まれ、学徒勤労の後、前川佐美雄に師事した。結婚もしている。いっとき、彼女の作品にひかれて、くり返し、歌集を読んだが、途中で、これは、私には無理とあきらめた。

忘れぐさわれらの草と呼ぶときの青きそよぎをともに忘れむ　『玉菱鎮石』

難しいことを言っているのではないが、その調べ、一首の流れが、何とも美しく、なだらかなのだ。「ともに忘れむ」があるので、人との別れのうたとも考えられるが、もっと大きな宇宙を包み込んでの作とも感じ取れる。

夢のなか人を殺さむたのしみの遠くなりつつ老いむとすらむ

一瞬、ギョッとする作だが、若い頃を思い出しての一首である。たとえ「夢のなか」といえど、こんな行動を思うことがある。若いゆえに思う衝動だと考えられる。だが、その「たのしみ」も、老いてくると遠くなってくる。「老い」を、このようにうたった作品に会ったことはない。

ふと消えしひとの思ひにたまかぎるとうすみとんぼ移りゆくかも　『玉蜻』

「ふと消え」し、ひとは誰なのだろう。天皇と考えてみると、すさまじい挽歌である。全く嫌味も悲しみもない。だが、か細い「とうすみとんぼ」の姿が重なり、人の命のはかなさを示している。

日本の古典や歴史を一首にひきつけながら彼女のうたは、やわらかく美しい。それは、口誦していると、よくわかる。「調べ」の美しさは、うたの核心なのだから、そこをしっかりと握っての作歌なのだ。

山中さんには、何回か、お目にかかっているが、どこか、一枚のベールをまとっているかと思う、何かがある。

ことばのみ美しかりきわが一生《ひとよ》あらかた終る何に托さむ　『玉蓌鎮石』

作者は言葉を愛している。「ことばのみ美しかりき」だから、言葉を信じてもいたのだろう。ずっと愛してきた言葉、だから、言葉に自らの一生を托して、私は、いつか、この世から去っていく。辞世とも思える一首だ。

虹の死体顕《た》つと思へり蛻《もぬけ》たるくちなは白く秋を招かむ

「くちなは」を「虹の死体」とは。このような想像は、なかなかできない。美しいものと、すさまじいものとの対比。山中智恵子の作品は、そこにあるのかもしれない。

行きて負ふかなしみぞここ鳥髪《とりかみ》に雪降るさらば明日も降りなむ　『みずかありなむ』

「鳥髪」は、『古事記』に登場する地名。そこに立っているのだろうか。幻想的に。だが、ここでの作者は「かなしみ」を抱いている。何の悲しみなのだろう。

若き日、必死に読もうとしたが、むつかしかった山中さんの作品は、今、読むと、スーと心に寄せられる。あらためて読み返してみたい。こんなに美しく、平易なのだから。

◎万作の章

近藤芳美

たちまちに君の姿を霧とざし或る楽章をわれは思ひき

近藤さんは孤独だった。

あらはなるうなじに流れ雪ふればささやき告ぐる妹の如しと　『早春歌』

ここでうたわれている年子（筆名・とし子）夫人がいらしても、近藤さんは孤独だった。男性、夫としてではなく、歌人として、社会人として、寂しい人であったと、私は感じ続けていた。

近藤芳美（本名芽美《よしみ》）。一九一三（大正二）年五月五日、朝鮮慶尚南道馬山府新町一丁目に、父・得三、母・昌香の長男として生まれる（本籍広島県世羅郡西太田村）。父は慶尚農工銀行（のちの朝鮮殖産銀行）馬山支店に勤務。以後、統営、大邱、金泉等に移り住む。

田井安曇著『近藤芳美（短歌シリーズ・人と作品20）』（桜楓社、一九八〇年）には、詳しい近藤の略年譜が書かれている。

一九一九（大正八）年、近藤、五歳のとき、「三・一運動」を目撃する。近藤が講話のとき、何度も話した「三・一運動」は、日本の統治下にあった朝鮮の独立運動で、「万歳事件」とも呼ばれた全国的なものであった。

一九二五（大正一四）年、朝鮮の両親から離れ、祖母のいる広島市鉄砲町へと移り住み、私立済美小学校へ転入。

「三・一運動」と共に、近藤の脳裏に焼きつけられた、「中学生共産党事件」。中学校在学中であり、同人誌をつくる予定だった仲間が、ことごとく連行されたのは、生涯忘れられない事件であっただろう。「三・一運動」のあったとき、五歳の子供が、そこから何を想起したかは、わからない。だが、白い装束を身につけた朝鮮の群集が、「万歳（バイセイ）、万歳（バイセイ）」と叫びながら歩いている姿は、近藤の幼い胸に深く刻まれ、忘れ得ぬものとなった。

加えて、広島での中学生時代、身近な友人たちが「中学生共産党事件」で、逮捕される。この二つの事件が、その後の近藤の精神的基盤としてあった。強烈な印象を残し、よって、何度も何度もまたか、と聞き手に思わせるほど、講話で必ず登場する記憶だったのだといえる。

《短歌と結婚》

短歌との接近は、かなり早い。中学校入学後間もなく、国語教師や英語教師の影響から、短歌をつくるようになる。

手淫知りし日を思へば涙出づやさしく云ひし叔母も老いにき

これは、『早春歌』に入るべき一首であったが、除かれている。一九三一（昭和六）年、近藤は広島高等学校理科甲類に入学。北島葭江教授を中心とする同校短歌会に所属し、まもなく、広島アララギ歌会に出席。年末にアララギに入会してからの作である。

次の年、高校二年の近藤は、広島郊外五日市に病気療養中の中村憲吉を訪ねる——後に、何十年ぶりかは解らないが、来広した近藤と共に（当時私は広島に住んでいた）、廿日市に憲吉の療養先だった家を訪ねてみたのだが、「この辺りだった」ということぐらいしか解らなかった——。

一九三四（昭和九）年、憲吉葬儀に参列。斎藤茂吉、土屋文明に会う。その後、アララギ発行所を訪ね、文明に師事。ここで、樋口賢治、小暮政次、杉浦明平らアララギの若手歌人と知り合う。

一九三七（昭和一二）年、京城帰省中、文明、夏実らを迎え、金剛山歌会に出席。そこで、中村年子を知る。近藤、大学三年の年である。だが、この恋愛は、すぐには結婚に繋がらなかった。大学を卒業後、清水組（現・清水建設）に入社。京城に赴任するも、中村年子をあきらめようとする。年子が、病を負っていたからである。その間、近藤は広島で徴兵検査、第二乙種合格。さまざまの困難を乗り越え、やっと婚約成立。一九四〇（昭和一五）年七月、中村年子と結婚。その二ヵ月後に近藤は広島連隊へ召集、船舶工兵として武昌の前線へ行く。たった二ヵ月の結婚生活。しかも、年子は新潟の父宅へ。あってないかのような結婚生活の中から生まれた歌は美しい。

果物皿かかげふたたび入り来たる靴下はかぬ脚稚《をさな》けれ　『早春歌』

一度あきらめた結婚が、再び結実しそうになり、年子の家を訪ねたときのものであろう。四句以降の作者の視線に初々しいものを感じる。

胸にうづめて嗚咽して居し吾が妻の明るき顔をしばしして上ぐ　『早春歌』
吾が妻を健気と思ふ感情のしばらくにして又混濁す

近藤に召集令状が来たときのものと考えられる。ただでさえ、短い結婚生活の中へ来た出征。年子は、ひたすら悲しんだはずだが、当時の多くの女性が抱いた感情から、はっと立ち直っての、この情況だったのだろう。それを見つめる近藤の視線にも、迷いと悲しみが混在している。

《二冊の歌集》

近藤芳美を語るとき、まず考えるべきことは、歌集『早春歌』と『埃吹く街』の刊行についてである。『早春歌』は、一九四八（昭和二三）年二月二十日、四季書房刊。『埃吹く街』は、一九四八（昭和二三）年二月十日、草木社刊。刊行日から言えば、『埃吹く街』

が、第一歌集であるのに、『早春歌』が第一歌集とされている。たぶん、収載された作品によってのものだろう。『早春歌』は、一九三六（昭和一一）年から一九四五（昭和二〇）年にかけての作品。『埃吹く街』は、一九四五（昭和二〇）年十月から一九四七（昭和二二）年六月までの作品。戦前と戦後で分けられている。

落ちて来し羽虫をつぶせる製図紙のよごれを麵麭で拭く明くる朝に　『早春歌』
ほしいままに生きしジユリアンソレルを憎みしは吾が体質の故もあるべし
連行されし友の一人は郷里にて西鶴の伏字おこし居るとぞ
国論の統制されて行くさまが水際立てりと語り合ふのみ
枯枝の影をふみつつ歩み行く吾の今宵を知る人はなし

一首目は、『早春歌』の冒頭歌。すでに仕事に就いてからの作。二首目は、スタンダールの『赤と黒』の主人公に自らを重ねてのもの。三首目は、かつての友人への思い。四、五首目は、その後の近藤作品につながると思われるものだ。

貼られ来るかそかなる青き切手さへ何にたとへて愛《かな》しと言はむ　『早春歌』
髪切りて幼き妻よ衛兵交代の列のうしろを行きかへれかし

一首目は、「愛」を「かなし」と読ませているのが、当時、戦地にやっと届いた手紙を強調していると思える。二首目は、「原隊追及」の為、宇品に送られた近藤に会いに来た年子をうたっている。

妹といつはり逢ひに来《きた》りしが面会所の中にあはれなりにき　『吾ら兵なりし日に』

『吾ら兵なりし日に』は、月二回許された年子宛の軍事郵便に記された歌の中から、年子の弟が「アララギ」に代筆して送稿したのを復元した歌集（一九七五〈昭和五〇〉年刊）であり、「早春歌・補遺」と近藤自身が呼んでいたものである。これに加えて、

コノジ　ダ　イニワカク　イクレバ　オソヒカカル
イカナルコトモワラヒテ　ウケム「イノリツツ」

トシコ

年子による広島工兵連隊暁部隊気付の電報が転々し、近藤の元に届いたものも残っている。「オソヒカカルイカナルコトモワラヒテウケム」とは、じつに力強い。応えるように近藤は、

果てしなき彼方《かなた》に向ひて手旗うつ万葉集をうち止まぬかも　『早春歌』

の一首を残している。前出の著作で田井安曇は、この一首を万葉集の柿本人麻呂の妻を恋うる歌〈小竹《ささ》の葉はみ山もさやに乱れどもわれは妹《いも》思ふ別れ来ぬれば〉を本歌取りとしたらしいと記している。何かの折、私も、近藤さんに、「この手旗の歌は、どの歌ですか」と尋ねたことがあるが、「万葉集だよ」との答えしか、返ってこなかったことを記憶している。

《「生まれ」と戦争》

二〇〇〇（平成一二）年四月より、岩波書店から刊行された『近藤芳美集』は全十巻。第一巻の解説を、岡井隆が書いている。

『早春歌』は、一人の青年の〈物語〉の歌集として読むことができる（中略）一九一三年生まれの近藤芳美という一人の青年には、現代の男たちにはない二つの条件がそなわっていて、歌の背後に一つの明瞭な物語を、読みとらせる。その条件の一つは、朝鮮という旧植民地生まれだということだ。もう一つは、戦争である。

こういった言葉で始まる文章で、私が書こうと思うことは、すでに、岡井によって明らかにされている。そう感じざるを得ない。しかも、岡井は世に知られる作品を避けてか、恣意的にか、自身の眼をもって選んだ作品を引用している。『埃吹く街』を、戦後版とし、『早春歌』を戦前版として、独自の選歌をして引用しているのである。

漠然と恐怖の彼方にあるものを或いは素直に未来とも言ふ　『埃吹く街』

右の一首を、『埃吹く街』中の思想詠の極北とし、以後の『喚声』までには、もう一つの戦争があった、とも書いている。予感としての戦争である。

近藤芳美は、もともと、行動派の知識人ではない。病気を経た身体をかばいながら、妻との生活を守りつつ生きる、非行動的な、そして、党派に与《くみ》することを嫌う体質の技術者である。（中略）それなのに、歌界はこの人に、大きすぎる荷を負わせた。このジレンマの中で、『埃吹く街』以後の思想詠には、一定の歪みを生じざるを得なかった。

このあと、『黒豹』あたりを境にして、近藤の歌に、「谷の底」を生きるものの緊張感のようなものが失われて行ったのは、なぜだろう。（中略）第三次世界大戦といった戦争は、生まれにくいことになったのだ。近藤の予感は、根拠を失って行く。

しかも、一技術者から管理者へと出世していく近藤。近藤は、さまざまな側面で、現実的な根拠を失っていく。そこで、作品そのものが限界を持ったという根拠を岡井は、指摘している。

何度も「近藤芳美論」を書かねばならないと、自ら思いながら、書けなかった私……。すでに、ここまでの岡井の述べたことに、その理由がある気がしてならない。

『近藤芳美集』の第四巻の解説は、私が書いている。第十四歌集『祈念に』から、『磔刑』『営為』『風のとよみ』までの六十九歳から七十七歳までの期間の作品である。

そこで、特筆したいのは、近藤芳美を、「茫洋」と記していること。人物的にもそうであるが、作品にも「茫洋」としたものが、存在しているのではないか。そうしたことを提示している。「茫洋」とは、とても想像できない、見当のつかない大きさである。その広さを所有する人物、したがって、その作品も……。

私にとって、近藤芳美は、大人《うし》としか、映らなかった。大きすぎる人格、岡井隆が指摘したように、朝鮮で生まれた。私からみると、それゆえに、大陸的な人格、「茫洋」としか言えない大きさを持つ大人であると感じ続けていた。

近藤は一九八一（昭和五六）年五月、戦後中国へ初めて旅をしている。五月一日から、十五日間かけて、北京、西安、成都、重慶を廻り、長江三峡を下って宜昌、武漢を経て上海に至る。かなりあわただしい旅であった。目的は、中国政府発行の月刊雑誌「人民中国」

の招待で、「一歌人の中国紀行」として、同誌に十五回の連載寄稿をするためであった。後、「人民中国」連載に加筆して、『中国感傷』（一九八四年六月、造形センター）を刊行している。なぜ、「感傷」なのか。かつて自分自身が一兵士として送り出された地、武漢一帯を訪れた折の記録……。

一九四〇年の秋から四一年の早春のころにかけて、わたしはこの町にひとりの日本兵としていた。繰り返せば、逃れようもない侵略戦争の一兵士としてである。

『中国感傷』なるタイトルが語るように、やや感傷的とも受けとれる文章である。一兵士としてではあるが、侵略戦争の加担者のひとりとして、この地に赴き、生き延びた一人である自分。そこで動いた近藤の心情は、感傷的に流れたとしても、仕方のないものであっただろう。

その後、近藤は度々、中国を訪ねることになるが、その理由は、『中国感傷』の終章近くに記されている。上海で対談した若い詩人から「近藤先生はあまりにも個人の過去にこだわりすぎます」と、たしなめられるシーンがあり、「詩はいつも、中国の運命とつながっていました」と、別の詩人からも言われ、個人と国家を、はっきり分けて考えられる中国の詩人たちの意向を反映している。

広くて目あてのないさま。つまり「茫洋」は混沌の意味をも示す。混沌といっても、単なる混沌でなく、広々とした果てしない何かに向かおうとする、そこに生じる必然としての混沌である。

《「病身」と大陸》

近藤芳美論を書こうとするとき、晩年の近藤の作品の難解さ、それに向かうべき理解が必要とされる。だが、私には、その果てが見えなかった。難解が深まる近藤の作品は、どこに行き着くのか、全く解らなかったのである。

あらためて、ここで近藤の作品の足跡を振り返ってみよう。近藤の作品には、岡井が指摘したように、第一に朝鮮という「旧植民地」で生まれたこと、そして、「戦争」が鍵となる。私は、岡井の指摘に肯首しながら、朝鮮という「旧植民地」で生まれたという点から、大陸的な人格が育まれたと言いたい。つまり、朝鮮はユーラシア大陸の端に位置してはいるが、陸続きの大陸である。そこで生まれ、十二歳まで育った近藤だからこそ、大陸的な大らかな人格が育まれたのではないか。「茫洋」に通じる、私たち島国育ちの者たちには理解できない、大人的な広々とした性格と気性が育ったのではないかと考えられるのである。

もう一つ、岡井の指摘する「戦争」についてだが、近藤はごく普通の兵士ではなかった。傷病兵として、自らの体をいたわっての参戦である。

一九四〇（昭和一五）年九月、年子との結婚から二ヵ月もたたぬうちの召集。近藤は、補充兵として、工兵第五連隊に入隊。一週間後、船舶工兵に転属。翌朝、宇品から中国に向かう。翌年二月、揚子江上で作業中負傷、武昌野戦病院に入院。胸部疾患のあることを告げられ、南京、上海と転送される。十二月、退院を命ぜられ、原隊追及のため乗船するが、病状悪化のため、広島三滝陸軍病院に収容される。翌年五月召集解除。八月、病気再発。年末、再度召集令状が来るも、京城郊外竜山工兵隊に向かうが即日帰郷。以後、召集なし。

入隊後の近藤の病歴を辿ってみると、船舶工兵として入隊してからは、負傷をはじめ、胸部疾患での入院、退院の繰り返しである。この体で、一兵士として敵と直接向き合うような肉弾戦ができたかどうか。できなかったのだろうと、私は推察する。

ポケットを弛《たる》ませ重き認識票ありよはひ後れて兵となる日に

『吾ら兵なりし日に』

この一首で始まる『吾ら兵なりし日に』は、前述はしているが、ひと月に二枚許される葉書に記された作品であり、兵としての近藤の行動が細かく短歌にされている。

澱《をり》の如なほまとふもの兵の中に「眼鏡」と吾の名指さるるとき

『吾ら兵なりし日に』

次々に鼠のごとく吊られつつ軍馬は嘶《な》けり川波の上
風の中僧侶出身の兵ひとり経よむときに帽とり並ぶ
軍医らは女の如き指をせり傷の苦しみに湧く涙ならず
背嚢に艶新しき地下足袋をくくりつけたり退院を告ぐ
国は今は一人の兵を要求す戦ひ果てむ病む体さへ

最後の一首に見られるように、「病む体」である近藤でさえも、国は「一人の兵」として、個を要求する。ここには、ある諦観がこめられている。つまり、近藤は一兵士として出征したものの、敵との戦いよりも自らの病との戦いに心がかたむいていたのではないか。

吾は吾一人の行きつきし解釈にこの戦ひの中に死ぬべし　『早春歌』

『早春歌』には、このような諦観めいた一首はあるが、戦地にいた『吾ら兵なりし日に』の中にも、激しく敵兵と戦うといった歌は見ることはできない。国は病身のわれさえも、一人の兵として求め、わたしは、それを当然として、それを自らの運命として受け止めている。自らを病身と捉え、それでもこの国の一兵士として命果てるべきだ、と当時の兵士たちと同じ思いに至っている近藤が見える。

《「中国」と朝鮮》

中国への旅で見る近藤の顔、行動は、じつに大らかで明るいものであった。
近藤は、一九八一（昭和五六）年五月一日から十五日、「人民中国」への執筆のため、中国へ。以後、何度も訪中することになる。

私は何度か、訪中のお供をさせていただいたが、中国の地で見る近藤は、驚くほど明るかった。あんなほがらかな近藤は、日本では見なかったと思うほど明朗であった。戦争は国家と国家のもの。個人とは違うのだ。中国の詩人たちから投げられた言葉を自らのものとして、受け入れてのものだったのだろう。しかも、当時の近藤と同世代の中国の教養人は、日本に留学し、日本語ができ、日本に通じている人たちが多かった。そのことも相まった近藤の明朗であったのだろう。

『早春歌』の戦地での作、『吾ら兵なりし日に』を読み返しても、前線詠といった戦場さなかの作品は感じられない。どこか、のどかと言ってもいいような作であり、余裕がある。近藤にとって、中国は確かに一兵士として出征した地ではあったが、戦闘にまみれるといった経験はなかったのでは。そう感じとれる。

あるとき、他結社の女性歌人から「「未来」は、天皇が二人いるから大変ね」と言われたことがあるが、それは無かったと言える。毎年、大会や新年会で、近藤の講話が始まると最前列に座っている岡井隆が、退席するのが常であったが、近藤はそれを止めたり、とがめたりはしなかった。むしろ、私たちの方がハラハラとしていたが、近藤は顔色ひとつ変えなかった。

忘れられない記憶が一つだけある。「未来」の新年会は、毎年神楽坂の日本出版クラブ会館で行われ、二次会が、近くの居酒屋で開かれるのが常であった。あるとき、岡井隆はいつものように酒席についていたが、そこに突然近藤が現れたのである。初めてのことだったので驚いたが、「君がいるから、僕は頑張っているのだ」（そういう意味のこと）と岡井隆に言って、すぐさま帰っていった。あれは何だったのだろうと思っていたが、未だに解らない。だが、あんなに激昂した近藤を初めてみた。後を追いかけようとしたが、それをさせないような勢いであった。いつであったか、又、正しく言えば、どんな言葉であったのかも解らないが、あんな近藤を初めて見たのだ。「天皇が二人」と指摘されたことを、どこかで打ち消していた私だったが、男同士の闘いはあったのだ。いや、歌人同士の闘いなのだと、あらためて知った。

近藤芳美と岡井隆。この二人の間は、どういう関係だったのか。私には解らない。だが、二人はさまざまな意味で闘い続けていたのかもしれない。

その後、塚本邦雄の死に際し、前登志夫の「塚本がいたから頑張ったのだ」という言葉を聞き、ああ、男たちは、いいえ、男性歌人たちは、こうして闘いながら歌をつくっていたのだと、感じたことを思う。

《近藤芳美の「朝鮮」》

訪中が重なる中で、私は近藤に尋ねたことがある。「韓国にはいらっしゃらないのですか」と。一九七七（昭和五二）年七月、近藤は現代歌人協会理事長となり、以後、日本現代歌人協会訪中団といったかたちで、毎年のように訪中することになった。また、トルコ、イタリア、フランス、スペイン等への旅もしている。

国内としては、一九九五（平成七）年三月、沖縄を訪ね、丸木位里、俊夫妻と対談している。丸木夫妻は、位里が広島出身で、近藤と珍しくも親しい間柄であった。あるとき、銀座で夫妻の作品展があり、「原爆の図」を前にして私に「こんな短歌をつくらないとダメだよ」と話されたのを記憶している。

だが、私の「韓国には……」という言葉への近藤の答えは、ほとんど無かった。自らが生まれ、十二歳迄育った地。そこに行きたくないはずがない。私は勝手に、そう思っていたが、近藤は、それに反応してはくれなかった。

近藤が、韓国の旅に向かったのは、一九九八（平成一〇）年四月。八十五歳の年である。

たった六日間の旅。そのときの作品は、二十二冊目の歌集『命運』に収められている。

思い秘むる韓国の春の旅ひとつ責めとし負える歳月の上　『命運』
やすやすと行きてならずと決めしよりこころに久しついの係恋

「ひとつ責めとし」「やすやすと行きてならず」といった表現に、なかなか実現できなかった韓国行への思いが述べられている。やはり、近藤は韓国に行きたかったのだと、あらためて思うが、その後の作品、

七十幾年のときを隔てて何をたどるハングルのみの街を迷いて　『命運』
小学校の庭を覚えて佇むに声掛くる日本語のありて惑う

の二首は、馬山を訪ねたときのもの。近藤の生まれた町での作である。かつて、日本統治下だった町ではハングルを使うことが禁じられていた。当時、日本語を強いられた韓国の民が、かつて覚えた日本語で話しかけてくる。そのときの近藤の思いは……。この旅に随

行できなかった私には解らない。

歴史を消しことばを消し「詩」を奪う人の労りのままに継ぐ旅に　『命運』

私が個人的に韓国を訪ねたとき、韓国のインテリの一部は、決して日本語で話しかけてはこなかった。日本語を知っているはずなのに。英語でしか話しかけてこなかった。私は、それを快く受け入れ、彼らの矜持にひれ伏したかった。

二〇〇一（平成一三）年一月元旦に刊行された『命運』を含めた『近藤芳美集』第五巻の「あとがき」には、こう書かれている。

『命運』は二〇〇〇年五月五日、砂子屋書房刊。『未明』に続く一九九八年、九九年の作品をまとむ。八十五歳、八十六歳の間。第二十二歌集となる。『近藤芳美集』刊行にあたり、その歌集の最後の部分として急遽一冊とした。

九八年、戦後初めて韓国を訪う。わたしの生地であり、幼年期の記憶をそこに置いた。長い心のためらいの後ともいえた。また、九九年に中国東北部を旅した。かつて

「満洲」と呼んだ。同じく、長い心の責めの思いの上の老年の旅でもあった。

その『命運』の巻末近く、たとえば、次の作品がある。

その先に展《ひら》くるとせむ表現への孤独の営為いのち知るとせず

長く生きて来た二〇世紀をようやく終えようとし、次の世紀の未知の前に立つ思いでもある。この歌集は、二〇世紀最後の誕生。しかも、近藤は自らの誕生日である五月五日を、この歌集の刊行日としている。やはり、『命運』は、自らの生地であり幼少期の記憶のある特別の旅であったのだ。ゆえに、刊行日を自らの誕生日とし、『近藤芳美集』の棹尾を締めるものとしている。韓国へは、長く長く行きたかったのだ。叶ったのが、八十五歳。「老年の旅」とも記している。

「北」を逃れ朝鮮戦争の中を逃れ穏《おだ》しき今日のための日本語　『命運』

誰にいうことにもあらずためらいに久しかりし韓国の旅ひとつ終う

長き痛みとしてありし一国の旅ながら帰り来て日の過ぎ易き
四照花《やまぼうし》庭を覆えば今年また深き茂りに鳥を遊ばす

ソウルでの一首目から、旅を終えて、日本に帰国しての「四照花」という一連からの三首。『命運』は、一歌集としてはどこか感傷的であり、釈明を求めるかのものとして映る。

近藤が亡くなったのは二〇〇六（平成一八）年六月二十一日、九十三歳。すでに、豊島園の近くの家を離れ、世田谷のケア・ハウスに年子夫人と共に移り住んでいて、私は上京の度に訪ねたのだが、先生に依頼されるのは、記憶の中に埋め込んでいる短歌を清書することであった。タイトルを付け、一首目から口述される短歌は、するすると口から出て、十首や二十首ぐらいを全て暗誦され、私の筆記が追いつかないぐらいの速さであった。いつのまにか、近藤は目を患っていたようで（確かではない）、自筆できないようであったが、暗誦は確かで、こんなに一人の人間が、短歌を記憶できるのかと驚くほどのものであった。

私が書きたかった「近藤芳美論」を、なかなか進められなかった理由は、岡井隆が指摘していたからということは述べた。さらに岡井の指摘は、「朝鮮という旧植民地生まれ」

と「戦争」、この二つの理由をもって、さらに、「歌界はこの人に、大きすぎる荷を負わせた」とも述べている。しかも、近藤の歌に、「『谷の底』を生きるものの緊張感のようなものが失われて行ったのは、なぜだろう」とも、疑問を呈している。私ごときが、その問いに答えるべきではないが、漠然と思うことがある。

森くらくからまる網を逃れのがれひとつまぼろしの吾の黒豹　『黒豹』

『黒豹』の刊行は一九六八（昭和四三）年一〇月、第八歌集。近藤五十五歳の年である。一九六五年初めから六八年夏にかけての作品が収められている。一人の男性として、また、歌人としても、最も精力的であったときのものであった。

最初、この一首を見たときは、近藤作品には稀な象徴的な作品であり、「黒豹」に自らを投影しての作だと感じ、何故、こんな作品をつくったのだろうと疑問を抱いた。こんな作風は、これまでの近藤にはなかったからだ。

あとがきで、近藤はこう述べている。

歌集の時期、すでにベトナム戦争が始まっており、インドシナ半島の密林の、あくことのない人間殺戮が伝えられていた。わたしの作るものはしばしばその戦争への思いを背後にしてうたうこととなった。

同じ時期に、中国に文化大革命と呼ぶ国の狂熱が続く。（中略）その日に歌を作ろうとして、心の内面のこととしてそれを避けて通ることは出来なかった。

私も体験した時期（社会的には、日本国内での学生運動が高まり、ベトナム戦争反対デモが日本中をかけ巡っていた時期にも当たる）のそうした社会的背景を重ねながら、あの「黒豹」は、ひょっとすると近藤であったのでは？　そんな思いが湧く。

この一首は、どう考えても、現実から逃れようと思いながら、それをどうしようもない自分としてあらわしているのでは……。「森くらく」はベトナムの深いジャングルを示唆しているのかもしれない。そこには、殺戮の追手が迫っている。だが、のがれてものがれても逃げられない。そうした理解をしながらも、私には苦い思いが走る。岡井の言葉、「歌界はこの人に、大きすぎる荷を負わせた」。私は岡井のこの指摘に肯こうとしている。

実は私は、近藤夫妻から度々養女にならないかという要請をいただいていた。だが、私はそれを承諾しなかった。あまりにも大きな役目を背負うだろうから。

《一つの物語》

『早春歌』でくり広げられる戦時下の愛。しかも、なかなか結実しない結婚。ここで、私たちは一つの物語を読む。戦時下にあったろう多くの愛につながる物語だ。しかも、一兵士として戦場に赴いた主人公は、激しい戦闘に巻き込まれることなく、傷病兵として生き延び、無事生還をする。美しいとまではいえないが、ドラマティックでありながら、ごく普通にあったであろう出征兵士と残された女性。典型的なヒューマン物語である。しかも、ここには激戦の影はない。読者は傷つくことなく、『早春歌』を、『吾ら兵なりし日に』を読了できる。しかも、戦後に刊行された『埃吹く街』は、生き延びて、愛する妻の許に帰還した作者の、日本を新しく開くべき技術者の姿がうたわれている。

敗戦の後、もはや隠されない人間のあらゆる醜さ弱さと共に、この不安の中にも守られて行く人間の意志の美しさをも見て来た。この日々に僕は如何に生き何を歌つたのであらうか。そのころのはかない自らの心の記録として、いつか又この歌集を静かに読みかへし得る日があるであらう。


昭和二十二年十一月十八日。私の生まれた二ヵ月後の日付である。

戦後、『早春歌』と『埃吹く街』を引っ提げて、歌界に新鮮な風を吹き込んだ近藤に、私たちは大きな期待を抱いた。だが、それは近藤には「大きすぎる荷」でもあったのだ。


森くらくからまる網を逃れのがれひとつまぼろしの吾の黒豹　『黒豹』

あらためてこの一首を見よう。逃げたいが逃げられない、多くの期待と願望から逃げまどう「黒豹」が見える。

近藤芳美の苦渋の姿ではないか。

孤独でしかない自分。

誰もわかってくれない自分。

いたいたしいまでに寂しい姿だ。

あとがき

今日は冬至。今年度最強の寒さ、という予報だったが、天空は真っ青。雲一つない青空である。といっても風は冷たい。これまで、自分の年齢を考えたことのない私も、最近は、老いを感じるようになった。

たぶん、一昨年の夏だったと思うが、コロナのせいで、東京に行くことをしないでいた私は、横浜に宿を取り、東京駅のステーションホテルに編集者に来ていただき、連載の話をしたり、取材に応じたりしていた。今、思うと、ずい分、僭越な態度だったと深く反省している。

そんな中で、お会いしたのが、角川文化振興財団の「短歌」前編集長の矢野敦志さんだった。「何を書くか」「どんな内容にするか」等々、あまり詳しい話をしないままに、連載をするという約束だけが残った。

「挽歌の華」というタイトルも、そのとき決めたのかどうか、全く記憶にない。だが、連載は始まった。タイトルから言うと「挽歌」をまとめたものと思わせるがそうではない。私は歌人は常に自らの挽歌を紡いでいるのだと考えているので、この集もそれぞれの歌人が、自らを追い立てるように吐露している作品を拾いながら、歌人探訪を試みた。

いちばん困ったのが、一人の歌人を見開き、四百字詰原稿用紙四枚で完結しなくてはならなかったこと。この空間で、何が出来るのか、何度も考えこんでしまった。

短歌を始めて以来、私は多くの歌人を知った。「未来」の先輩をはじめ、文字でしか知らない歌人の方々とお会いし、また、ご一緒に仕事をさせていただいた。その中で、私が育まれ、歌人とは、どう生きるのかを身につけていった気がする。師である近藤芳美先生をはじめ、多くの歌人の方々から、知らず知らずに受けとめ、自らのものとしていったのだと考えている。

加えて、こんな歌人がいたのか、と自分自身が驚き、もっと多くの方に知ってほしい、そんな歌人を紹介するのにも、力を入れた。

たった原稿用紙四枚の中で、語れることは少ない。だからというわけではないが、「挽歌の華」には、多くの歌人のエピソードのようなものを取り入れようとした。短歌の世界の外からは見えない歌人独特の世界。努力したのは、その点であったような気がする。

「エッ、本当」「歌人ってそんなの」そう感じていただきたかったのである。

良いところも、そうでないところも、一般社会と遊離しがたい短歌の世界を、歌人そのものの作品と生き方、そしてエピソードで理解してほしかったのである。

私の読者は、どちらかというと、短歌を身近に思っていない方が、大部分。だから、歌人をもっと近くの存在として思ってほしいという願いが強かった故もある。

月刊「短歌」には、「読者の声」というページがあり、各号のアンケートの回答や感想が語られている。私の「挽歌の華」にも、毎号ごとに読者からの声が届き、それが、私のエネルギーとなって、この連載を続けられたことを、ありがたく、感謝している。

また、担当であった「短歌」編集部の大谷燿司さんの応援がなかったら、この連載は続かなかったと思うほど、助けられ、ここ迄来た。大谷さん、本当にありがとうございました。改めて御礼申しあげます。また、本の売れないこの時代に、この連載を本にして下さる北田智広編集長にも、感謝申しあげます。見上げると青空。感謝。

二〇二三年十二月二十二日

道浦母都子記

＊本書は角川「短歌」に連載された「挽歌の華」（2021 年 11 月号から 2023 年 7 月号）を再編集し刊行した。

＊掲載歌人の引用歌は、全歌集および全集が刊行されているものについては、それを参照し、そうでないものについては、歌集原本を参照した。

著者略歴

道浦母都子（みちうら　もとこ）

1947 年　和歌山県和歌山市生まれ
　　　　中学卒業時に大阪に転居
1965 年　大阪府立北野高校卒業
1971 年　早稲田大学在学中に「未来短歌会」に入会
　　　　近藤芳美に師事
1981 年　第一歌集『無援の抒情』にて、現代歌人協会賞受賞
2006 年　和歌山県文化賞受賞
　　　　現在に至る

歌《か》人《じん》探《たん》訪《ぼう》　挽《ばん》歌《か》の華《はな》

初版発行　2024年 6 月25日

著者　道浦《みちうら》母《も》都《と》子《こ》

発行者　石川一郎

発行　公益財団法人 角川文化振興財団
〒359-0023　埼玉県所沢市東所沢和田3-31-3
ところざわサクラタウン 角川武蔵野ミュージアム
電話　050-1742-0634
https://www.kadokawa-zaidan.or.jp/

発売　株式会社 KADOKAWA
〒102-8177　東京都千代田区富士見2-13-3
電話　0570-002-301（ナビダイヤル）
https://www.kadokawa.co.jp/

印刷所　株式会社暁印刷

製本所　牧製本印刷株式会社

 ISBN 978-4-04-884603-5 C0095